D1336154

CERTAINES N'AVAIENT JAMAIS VU LA MER

JULIE OTSUKA

CERTAINES N'AVAIENT JAMAIS VU LA MER

roman

Traduit de l'anglais (américain) par
CARINE CHICHEREAU

PHÉBUS

Cet ouvrage est une œuvre de fiction.
Toute ressemblance avec des personnages existants ou ayant existé, des lieux ou des événements réels ne serait que pure coïncidence.

Titre original :
The Buddha in the Attic

I.S.B.N. : 978-2-7529-0670-0

Pour Andy

Certains d'entre eux laissèrent un nom
qu'on cite encore avec éloge.
D'autres n'ont laissé aucun souvenir
et ont disparu comme s'ils n'avaient pas existé.
Ils sont comme n'ayant jamais été,
Et de même leurs enfants après eux.

L'ÉCCLÉSIASTE, 44 : 8-9

La grange a brûlé –
À présent
Je vois la lune.

MASAHIDE

BIENVENUE,
MESDEMOISELLES JAPONAISES !

Sur le bateau nous étions presque toutes vierges. Nous avions de longs cheveux noirs, de larges pieds plats et nous n'étions pas très grandes. Certaines d'entre nous n'avaient mangé toute leur vie durant que du gruau de riz et leurs jambes étaient arquées, certaines n'avaient que quatorze ans et c'étaient encore des petites filles. Certaines venaient de la ville et portaient d'élégants vêtements, mais la plupart d'entre nous venaient de la campagne, et nous portions pour le voyage le même vieux kimono que nous avions toujours porté – hérité de nos sœurs, passé, rapiécé, et bien des fois reteint. Certaines descendaient des montagnes et n'avaient jamais vu la mer, sauf en image, certaines étaient filles de pêcheur et elles avaient toujours vécu sur le rivage. Parfois l'océan nous avait pris un frère, un père, ou un fiancé, parfois une personne que nous aimions s'était jetée à l'eau par un triste matin pour nager vers le large, et il était temps pour nous, à présent, de partir à notre tour.

Sur le bateau, la première chose que nous avons faite – avant de décider qui nous aimerions et qui nous n'aimerions pas, avant de nous dire les unes aux autres de quelle île nous venions et pourquoi nous la quittions, avant même de prendre la peine de faire les présentations –, c'est comparer les portraits de nos fiancés. C'étaient de beaux jeunes gens aux yeux sombres, à la chevelure touffue, à la peau lisse et sans défaut. Au menton affirmé. Au nez haut et droit. À la posture impeccable. Ils ressemblaient à nos frères, à nos pères restés là-bas, mais en mieux habillés, avec leurs redingotes grises et leurs élégants costumes trois-pièces à l'occidentale. Certains d'entre eux étaient photographiés sur le trottoir, devant une maison en bois au toit pointu, à la pelouse impeccable, enclose derrière une barrière de piquets blancs, d'autres dans l'allée du garage, appuyés contre une Ford T. Certains avaient posé dans un studio sur une chaise au dossier haut, les mains croisées avec soin, regard braqué sur l'objectif, comme s'ils étaient prêts à conquérir le monde. Tous avaient promis de nous attendre à San Francisco, à notre arrivée au port.

Sur le bateau, nous nous interrogions souvent : nous plairaient-ils ? Les aimerions-nous ? Les reconnaîtrions-nous d'après leur portrait quand nous les verrions sur le quai ?

Sur le bateau nous dormions en bas, à l'entrepont, espace noir et crasseux. Nos lits consistaient en d'étroites couchettes de métal empilées les unes sur les autres, aux rudes matelas trop fins, jaunis par les taches d'autres voyages, d'autres vies. Nos oreillers étaient garnis de paille séchée. Entre les couchettes, des miettes de nourriture jonchaient le sol, humide et glissant. Il y avait un hublot et, le soir, lorsqu'il était fermé, l'obscurité s'emplissait de murmures. *Est-ce que ça va faire mal ?* Les corps se tournaient et se retournaient sous les couvertures. La mer s'élevait, s'abaissait. L'atmosphère humide était suffocante. La nuit nous rêvions de nos maris. De nouvelles sandales de bois, d'infinis rouleaux de soie indigo, de vivre dans une maison avec une cheminée. Nous rêvions que nous étions grandes et belles. Que nous étions de retour dans les rizières que nous voulions si désespérément fuir. Ces rêves de rizières étaient toujours des cauchemars. Nous rêvions aussi de nos sœurs, plus âgées, plus jolies, que nos pères avaient vendues comme geishas pour nourrir le reste de la famille, et nous nous réveillions en suffoquant. *Pendant un instant, j'ai cru que j'étais à sa place.*

Les premiers jours sur le bateau nous étions malades, notre estomac ne gardait rien, et nous étions sans cesse obligées de courir jusqu'au bastingage. Certaines d'entre nous étaient prises de vertiges, au point de ne plus pouvoir se lever, et demeuraient sur leur couchette dans une morne torpeur, incapables de se souvenir de leur nom sans parler de celui de leur futur mari. *Rappelle-moi encore une fois, je suis Mrs Qui, déjà ?* Certaines se tenaient le ventre et priaient à haute voix Kannon, la déesse de la miséricorde – *Où es-tu ?* – tandis que d'autres préféraient verdir en silence. Souvent au beau milieu de la nuit nous étions réveillées par le mouvement violent de la houle, et l'espace d'un instant nous ne savions plus où nous étions, pourquoi nos lits ne cessaient de bouger, ni pourquoi nos cœurs cognaient si fort d'effroi.

Tremblement de terre, voilà la première pensée qui nous venait. Alors nous cherchions notre mère car nous avions de tout temps dormi entre ses bras. Dormait-elle en ce moment ? Rêvait-elle ? Songeait-elle à nous nuit et jour ? Marchait-elle toujours trois pas derrière notre père dans la rue, les bras chargés de paquets, alors que lui ne portait rien du tout ? Nous enviait-elle en secret d'être partie ? *Est-ce que je ne t'ai pas tout donné ?* Pensait-elle à aérer nos vieux kimonos ? À donner à manger au chat ? Nous avait-elle bien appris tout ce dont nous avions besoin ? *Tiens ton bol à deux mains, ne reste pas au soleil, ne parle jamais plus qu'il ne faut.*

Sur le bateau nous étions dans l'ensemble des jeunes filles accomplies, persuadées que nous ferions de bonnes épouses. Nous savions coudre et cuisiner. Servir le thé, disposer des fleurs et rester assises sans bouger sur nos grands pieds pendant des heures en ne disant absolument rien d'important. *Une jeune fille doit se fondre dans le décor : elle doit être là sans qu'on la remarque.* Nous savions nous comporter lors des enterrements, écrire de courts poèmes mélancoliques sur l'arrivée de l'automne comptant exactement dix-sept syllabes. Nous savions désherber, couper du petit bois, tirer l'eau du puits, et l'une d'entre nous – la fille du meunier – était capable de parcourir les trois kilomètres jusqu'à la ville en portant sur son dos un sac de trente-cinq kilos de riz sans jamais transpirer. *Tout est dans la façon dont on respire.* Nous avions pour la plupart de bonnes manières et nous étions d'une extrême politesse, sauf quand nous explosions de colère et nous mettions à jurer comme des marins. Pour la plupart nous parlions comme des dames, d'une voix haut perchée en feignant d'en savoir bien moins qu'en réalité, et chaque fois que nous passions sur le pont nous prenions garde d'avancer à petits pas, en rentrant les orteils comme il convient. Car combien de fois notre mère nous avait-elle répété : *Marche comme si tu étais en ville, pas à la ferme !*

Sur le bateau chaque nuit nous nous pressions dans le lit les unes des autres et passions des heures à discuter du continent inconnu où nous nous rendions. Les gens là-bas, disait-on, ne se nourrissaient que de viande et leur corps était couvert de poils (nous étions bouddhistes pour la plupart donc nous ne mangions pas de viande et nous n'avions de poil qu'aux endroits appropriés). Les arbres étaient énormes. Les plaines, immenses. Les femmes, bruyantes et grandes – une bonne tête de plus, avions-nous appris, que les plus grands de nos hommes. Leur langue était dix fois plus compliquée que la nôtre et les coutumes incroyablement étranges. Les livres se lisaient de la fin vers le début et on utilisait du savon au bain. On se mouchait dans des morceaux de tissu crasseux que l'on repliait ensuite pour les ranger dans une poche, afin de les utiliser encore et encore. Le contraire du blanc n'était pas le rouge mais le noir. Qu'allions-nous devenir, nous demandions-nous, dans un pays aussi différent ? Nous nous voyions – peuple de petite taille, armé de ses seuls livres – débarquer au pays des géants. Se moquerait-on de nous ? Nous cracherait-on dessus ? Nous prendrait-on seulement au sérieux ? Toutefois, même les plus réticentes admettaient qu'il valait mieux épouser un inconnu en Amérique que de vieillir auprès d'un fermier du village. Car en Amérique les filles ne travaillaient pas aux champs, il y avait plein de riz et de bois de chauffage pour tout le monde. Et partout où l'on allait, les hommes tenaient la porte aux femmes et soulevaient leur chapeau en disant : « Les dames d'abord » et « Après vous ».

Sur le bateau certaines d'entre nous venaient de Kyoto, elles étaient blanches et délicates car elles avaient passé leur vie dans des pièces sombres, au fond des maisons. Certaines venaient de Nara, elles priaient leurs ancêtres trois fois par jour et juraient entendre encore sonner les cloches du temple. Certaines étaient filles de paysans de la région de Yamaguchi, elles avaient les épaules larges, les poignets épais et ne s'étaient jamais couchées au-delà de neuf heures du soir. Certaines étaient issues d'un petit village de montagne de Yamanashi et avaient découvert le chemin de fer il y a peu. Certaines venaient de Tokyo, elles avaient tout vu, parlaient un japonais très beau et ne se mêlaient guère aux autres. Beaucoup étaient de Kagoshima et baragouinaient un rude patois du Sud, que celles de Tokyo feignaient de ne pas comprendre. D'autres étaient d'Hokkaido, au climat froid et enneigé, et pendant des années elles rêveraient de ces paysages blancs. Celles qui venaient d'Hiroshima, où la bombe exploserait, avaient de la chance d'être sur ce bateau, bien qu'à l'époque nul n'en sache rien. La plus jeune d'entre nous avait douze ans et n'avait pas encore ses règles. *Mes parents m'ont mariée pour avoir l'argent de la dot.* La plus âgée, trente-sept ans, était de Niigata et avait passé sa vie à s'occuper de son père, un invalide dont la mort récente la rendait à la fois heureuse et triste. *Je savais que je ne pourrais me marier que s'il mourait.* L'une des nôtres venait de Kumamoto, où il n'y avait plus d'hommes valides – ils étaient tous partis l'année précédente chercher du travail en

Mandchourie –, et s'estimait heureuse d'avoir trouvé un mari, quel qu'il soit. *J'ai regardé son portrait et j'ai dit à la marieuse : « Ça fera l'affaire. »* Une autre était issue d'un village dans la région de Fukushima où l'on tissait la soie, son premier mari était mort de la grippe, le deuxième l'avait quittée pour une femme plus jeune et plus jolie qui habitait sur l'autre versant de la colline et, à présent, elle partait pour l'Amérique afin d'épouser le troisième. *Il est en bonne santé, il ne boit pas, il ne joue pas, c'est tout ce que j'ai besoin de savoir.* L'une d'entre nous avait été danseuse à Nagoya, elle était très élégante, avait une peau d'un blanc translucide et savait tout sur les hommes, aussi était-ce vers elle que chaque soir nous nous tournions pour lui poser nos questions. Combien de temps cela va-t-il durer ? Avec la lumière allumée ou dans le noir ? Les jambes en l'air ou posées ? Les yeux ouverts ou fermés ? Et si je ne peux pas respirer ? Et si j'ai soif ? Et s'il est trop lourd ? Trop gros ? Et s'il ne veut pas de moi ? « En vérité, les hommes sont très simples », répondait-elle. Puis elle se mettait à nous expliquer.

Sur le bateau parfois nous restions éveillées pendant des heures dans l'obscurité sombre et humide de la cale, remplies de désirs et de peurs, nous demandant comment nous tiendrions encore trois semaines.

Sur le bateau nous avions emporté dans nos malles tout ce dont nous aurions besoin dans notre nouvelle vie : un kimono de soie blanche pour notre nuit de noces, d'autres en coton coloré pour tous les jours, de plus discrets pour quand nous serions vieilles, et puis des pinceaux à calligraphie, d'épais bâtons d'encre noire, de fines feuilles de papier de riz afin d'écrire de longues lettres à notre famille, un minuscule bouddha de cuivre, une statuette d'ivoire représentant le dieu renard, la poupée avec laquelle nous dormions depuis que nous avions cinq ans, des sachets de sucre roux pour nous acheter des passe-droits, des couvertures éclatantes, des éventails de papier, des livres comportant des phrases en anglais, de petits sacs de soie imprimée de fleurs, des galets noirs polis par la rivière qui coulait derrière notre maison, une mèche de cheveux d'un garçon que nous avions un jour touché, aimé, à qui nous avions promis d'écrire, tout en sachant que nous ne le ferions jamais, le miroir d'argent donné par notre mère, dont les dernières paroles résonnaient encore à notre oreille. *Tu verras : les femmes sont faibles, mais les mères sont fortes.*

Sur le bateau nous nous plaignions de tout. Des puces. De l'insomnie. Des punaises de lit. Du monotone ronron perpétuel du moteur qui nous poursuivait jusque dans nos rêves. Nous nous plaignions de la puanteur des latrines – énormes trous béants s'ouvrant sur la mer – et de notre propre odeur qui lentement mûrissait et devenait jour après jour de plus en plus fétide. Nous nous plaignions de la condescendance de Kazuko, de Chiyo qui se raclait sans cesse la gorge, de Fusayo qui fredonnait toujours *La Chanson du cueilleur de thé*, ce qui peu à peu nous rendait folles. Nous nous plaignions de nos épingles à cheveux qui disparaissaient – qui parmi nous était la voleuse ? – et du fait que les filles voyageant en première classe ne nous avaient jamais saluées depuis le pont supérieur, du haut de leur parasol de soie violette, malgré le nombre de fois où elles nous avaient croisées. *Mais pour qui se prennent-elles, celles-là ?* Nous nous plaignions de la chaleur. Nous nous plaignions du froid. Des couvertures de laine qui grattaient. De nos propres jérémiades. Au fond, pourtant, nous étions très heureuses pour la plupart d'entre nous, car bientôt, nous serions en Amérique avec nos futurs maris, qui nous avaient écrit bien des fois au cours des mois précédents. *J'ai acheté une belle maison. Vous pourrez planter des tulipes dans le jardin. Des jonquilles. Ce que vous voudrez. Je possède une ferme. Je dirige un hôtel. Je suis président d'une grosse banque. J'ai quitté le Japon il y a des années pour fonder ma propre entreprise et je peux largement subvenir à vos besoins. Je mesure un mètre soixante-dix-neuf, je n'ai ni la lèpre ni de maladie des poumons, et il n'y a pas de fous dans ma famille. Je suis originaire d'Okayama. De Hyogo. Miyagi. Shizuoka. J'ai grandi dans le village voisin du vôtre et je vous ai vue il y a des années dans une foire. Je vous enverrai l'argent pour payer votre passage dès que possible.*

Sur le bateau nous conservions la photographie de notre époux dans un minuscule médaillon ovale suspendu à notre cou au bout d'une longue chaîne. Nous la gardions dans une bourse de soie, une vieille boîte à thé, un coffret de laque rouge, dans la grosse enveloppe marron qui nous l'avait apportée d'Amérique. Nous la transportions dans les manches de notre kimono et souvent nous la touchions à travers le tissu pour nous assurer qu'elle était bien là. Nous l'emportions serrée entre les pages de *Bienvenue, mesdemoiselles japonaises !*, du *Guide pour se rendre en Amérique*, de *Dix façons de faire plaisir à un homme*, d'un vieux volume usagé de sutras bouddhistes, et l'une des nôtres, qui était chrétienne, mangeait de la viande et priait un dieu différent aux longs cheveux, l'avait rangée entre les pages de la bible du roi Jacques. Et quand nous lui demandions lequel elle préférait – l'homme de la photo ou le Seigneur Jésus lui-même –, elle nous adressait un sourire mystérieux et répondait : « Lui, bien sûr. »

Sur le bateau plusieurs d'entre nous emportaient des secrets qu'elles se juraient de ne jamais révéler à leur mari. Peut-être qu'en réalité nous avions résolu d'aller en Amérique pour retrouver un père qui avait abandonné sa famille très longtemps auparavant. *Il est parti travailler dans les mines de charbon du Wyoming et nous n'avons plus jamais eu de ses nouvelles.* Ou peut-être laissions-nous une fille, engendrée par un homme dont nous nous rappelions avec peine le visage – un conteur itinérant qui avait passé une semaine dans notre village, un prêtre bouddhiste errant qui s'était arrêté un soir tard chez nous, sur la route du mont Fuji. Nous avions beau savoir que nos parents s'occuperaient bien d'elle – *Si tu restes ici, au village*, nous avaient-ils prévenues, *tu ne trouveras jamais de mari* –, nous nous sentions coupables d'avoir choisi de privilégier notre vie aux dépens de la sienne et, durant le voyage, pendant bien des nuits nous avons pleuré en pensant à elle, jusqu'au matin où nous nous sommes réveillées en décrétant : « Ça suffit », et nous nous sommes mises à penser à autre chose. Au kimono que nous porterions le jour de notre arrivée. À notre coiffure. À ce que nous dirions quand nous le verrions. Parce qu'à présent nous étions sur le bateau, le passé était derrière nous et il n'y avait pas de retour possible.

Sur le bateau nous ne pouvions savoir que nous rêverions d'elle toutes les nuits jusqu'au jour de notre mort, que dans nos songes elle aurait toujours trois ans et demeurerait telle que nous l'avions vue en la quittant : une minuscule silhouette vêtue d'un kimono rouge sombre, accroupie au bord d'une flaque, totalement captivée par la vue d'une abeille morte flottant à la surface.

Sur le bateau nous mangions tous les jours la même chose et respirions en permanence le même air rance. Nous chantions les mêmes chansons, riions des mêmes plaisanteries et le matin, quand le temps était clément, nous quittions nos quartiers souterrains bondés pour aller marcher sur le pont avec nos sandales de bois et nos légers kimonos d'été, nous arrêtant de temps à autre pour contempler l'infini bleu de la mer. Parfois un poisson volant atterrissait à nos pieds, hors d'haleine, se débattant, et l'une des nôtres – en général une fille de pêcheur – le ramassait pour le rejeter à l'eau. Ou une bande de dauphins apparaissait, jaillissant de nulle part, et nous suivait pendant des heures en bondissant le long du bateau. Par un matin calme et dépourvu de vent où la mer était plate comme du verre et le ciel d'un bleu éclatant, les flancs lisses et noirs d'une baleine ont crevé la surface avant de s'y enfoncer à nouveau et, l'espace d'un instant, nous avons oublié de respirer. *C'était comme regarder dans l'œil du Bouddha.*

Sur le bateau nous restions souvent des heures sur le pont, le vent dans les cheveux, à voir passer les autres passagers. Il y avait des sikhs enturbannés du Pendjab qui se rendaient au Panama pour fuir leur terre natale. De riches Russes blancs cherchant à échapper à la révolution. Des travailleurs chinois d'Hong Kong en route pour les champs de coton du Pérou. King Lee Uwanowich et sa célèbre bande, qui possédaient un vaste ranch au Mexique et passaient pour la plus riche famille de gitans au monde. Trois touristes allemands brûlés par le soleil, un beau prêtre espagnol et un grand Anglais rougeaud appelé Charles qui montait chaque jour sur le pont à trois heures et quart pour se dégourdir les jambes à grands pas. Charles voyageait en première classe, il avait des yeux vert sombre, un nez fin et pointu, il s'exprimait dans un japonais parfait et c'était pour beaucoup d'entre nous le premier Blanc que nous voyions. Professeur de langues étrangères à l'université d'Osaka, il était marié à une Japonaise avec qui il avait un enfant, s'était rendu en Amérique bien des fois et montrait une patience infinie envers nous et nos questions. Est-ce vrai que les Américains dégagent une forte odeur animale ? (Charles s'est mis à rire et nous a répondu : « Est-ce mon cas ? », nous laissant ensuite nous approcher pour le renifler de plus près.) Sont-ils aussi poilus qu'on le raconte ? (« À peu près comme moi », a-t-il dit en remontant ses manches pour nous montrer ses bras couverts d'une toison brune, ce qui nous a fait frissonner.) En ont-ils aussi sur la poitrine ? (Charles a rougi en expliquant qu'il ne pouvait nous montrer son torse, et nous avons rougi à notre tour en répliquant que nous ne le lui avions pas demandé.) Existe-t-il encore des tribus sauvages d'Indiens peaux-rouges errant à travers la prairie ? (Charles a expliqué qu'on avait emmené tous les Indiens peaux-rouges et nous avons poussé un soupir de soulagement.) Est-ce vrai que les femmes en Amérique n'ont pas à s'agenouiller devant leur mari, ni à mettre la main sur la bouche quand elles rient ? (Le regard de Charles s'est attardé sur un bateau qui passait, au loin, il a soupiré et répondu : « Hélas, oui. ») Que les hommes et les femmes dansent joue contre joue toute la nuit ? (Seulement le samedi soir, a-t-il déclaré.) Les pas de danse sont-ils très difficiles ? (Non, faciles, et le lendemain soir il nous a donné une leçon de fox-trot sur le pont au clair de lune. *Lent, lent, vite, vite.*) Le centre de San Francisco est-il plus grand que Ginza ? (Mais bien sûr !) Les maisons américaines font-elles réellement trois fois la taille des nôtres ? (En effet.) Possèdent-elles toutes un piano dans le salon de réception ? (Charles a dit que c'était juste des maisons normales.) Et pense-t-il que nous serons heureuses là-bas ? (Il a ôté ses lunettes pour nous regarder de ses beaux yeux verts et a répondu : « Oh oui, très heureuses. »)

Sur le bateau certaines des nôtres n'ont pu s'empêcher de nouer des relations avec des marins, qui venaient du même village, connaissaient les paroles de leurs chansons et ne cessaient de les demander en mariage. « Nous sommes déjà mariées », expliquaient-elles, toutefois certaines sont tombées amoureuses. Et quand ils ont demandé à nous voir en tête à tête – « ce soir, disons sur l'entrepont, à dix heures moins le quart » –, nous avons contemplé nos pieds, pris une grande respiration, murmuré un oui, et là encore c'était une chose dont nous ne parlerions jamais à nos maris. *C'est à cause de la façon dont il me regardait*, avons-nous pensé plus tard. Ou bien : *Il avait un joli sourire.*

Sur le bateau l'une des nôtres est tombée enceinte sans le savoir, mais quand le bébé est né neuf mois plus tard, la première chose qu'elle a constatée, c'est la ressemblance avec son époux. *Il a tes yeux.* L'une a sauté par-dessus bord après avoir passé la nuit avec un marin, laissant cette courte note sur son oreiller : *Il ne peut y en avoir d'autre après lui.* L'une est tombée amoureuse d'un missionnaire méthodiste rencontré sur le pont et qui rentrait chez lui, et bien qu'il l'ait suppliée de quitter son mari pour lui, à leur arrivée en Amérique elle a refusé. « Je dois demeurer fidèle à mon destin », lui a-t-elle répondu. Mais pendant tout le reste de sa vie, elle s'est demandé à quoi aurait pu ressembler son existence.

Sur le bateau certaines des nôtres étaient de nature à ressasser, elles préféraient rester seules et ont passé la plus grande partie du voyage allongées sur le ventre à penser aux hommes qu'elles avaient laissés derrière elles. Le fils de la marchande de fruits, qui feignait toujours de ne pas faire attention à nous, mais nous donnait une tangerine en plus chaque fois que sa mère était absente. Ou cet homme marié que nous avions attendu, une fois, sur un pont, sous la pluie, tard dans la nuit, pendant deux heures. Et pour quoi ? Un baiser, une promesse : « Je reviendrai demain. » Et nous avions beau savoir que nous ne le reverrions pas, nous savions que si c'était à refaire nous irions tout de suite, car être avec lui c'était comme être vivante pour la première fois, mais en mieux. Et souvent en nous endormant nous nous prenions à penser à ce fils de paysan avec qui nous discutions chaque jour en rentrant de l'école – ce beau garçon du village voisin dont les doigts parvenaient à faire germer les graines les plus rétives –, et nos mères, qui savaient tout, y compris lire dans nos pensées, nous regardaient comme si nous étions folles. *Veux-tu passer le reste de ta vie accroupie dans un champ ?* (Nous avions hésité, presque répondu oui, car n'avions-nous pas toujours rêvé de devenir notre mère ? N'était-ce pas là ce que nous voulions être à une époque ?)

Sur le bateau des choix s'imposaient à nous. Où dormir, à qui faire confiance, avec qui se lier et comment faire connaissance. Fallait-il dire à la voisine qu'elle ronflait, parlait dans son sommeil, sentait des pieds encore plus fort que nous, laissait ses vêtements sales traîner partout ? Et si une fille nous demandait si telle coiffure lui allait bien – par exemple avec une coque, ce qui était du dernier cri – alors que ce n'était pas le cas car cela lui faisait une grosse tête, fallait-il lui dire la vérité ou au contraire prétendre qu'elle n'avait jamais été aussi belle ? Et pouvions-nous protester contre le cuisinier, qui venait de Chine et connaissait un seul plat – le curry de riz – qu'il nous resservait jour après jour ? Mais si nous nous plaignions et qu'on le renvoyait en Chine, où parfois il n'y avait rien à manger pendant plusieurs jours, serait-ce notre faute ? D'ailleurs, est-ce qu'on nous écouterait ? Est-ce que quelqu'un se souciait seulement de nous ?

Quelque part sur le bateau il y avait un capitaine et l'on disait que chaque matin, à l'aube, une belle jeune fille sortait de sa cabine. Bien sûr nous mourions toutes d'envie de savoir : était-ce l'une des nôtres ou bien une des filles de première classe ?

Sur le bateau parfois nous nous faufilions dans la couchette des autres tard dans la nuit et nous restions calmement allongées à évoquer des souvenirs de chez nous : l'odeur des patates douces grillées au début de l'automne, les pique-niques au milieu des bambous, le jeu des ombres et des démons dans la cour du temple en ruine, le jour où notre père était parti chercher de l'eau au puits et n'était jamais revenu, et après notre mère n'avait plus jamais parlé de lui, pas une seule fois. *C'est comme s'il n'avait jamais existé. J'ai scruté le fond de ce puits pendant des années.* Nous discutions de nos crèmes de beauté préférées, des avantages de la poudre de plomb, du portrait de notre mari et de la première fois où nous l'avions vu. *Il avait l'air sérieux, alors j'ai pensé qu'il me conviendrait.* Parfois, nous nous surprenions à dire des choses que nous n'avions jamais confiées à personne, et une fois commencé il était impossible de s'arrêter, et parfois nous nous taisions soudain et restions enlacées jusqu'à l'aube, où l'une de nous alors se détachait en demandant : « Est-ce que ça va durer ? » Une fois encore il nous fallait faire un choix. Si nous répondions oui, alors cela continuait, et nous revenions vers elle – si ce n'est la même nuit, alors la suivante, ou celle d'après –, puis nous nous disions que, quoi qu'il arrive sur le bateau, nous l'oublierions à la minute où nous débarquerions. D'ailleurs tout cela nous donnait une certaine expérience pour la suite, avec notre mari.

Sur le bateau il y en avait certaines qui ne s'étaient jamais habituées à vivre avec un homme, et s'il avait été possible de partir pour l'Amérique sans se marier, elles en auraient trouvé le moyen.

Sur le bateau nous ne pouvions imaginer qu'en voyant notre mari pour la première fois, nous n'aurions aucune idée de qui il était. Que ces hommes massés aux casquettes en tricot, aux manteaux noirs miteux, qui nous attendaient sur le quai, ne ressemblaient en rien aux beaux jeunes gens des photographies. Que les portraits envoyés dans les enveloppes dataient de vingt ans. Que les lettres qu'ils nous avaient adressées avaient été rédigées par d'autres, des professionnels à la belle écriture dont le métier consistait à raconter des mensonges pour ravir le cœur. Qu'en entendant l'appel de nos noms, depuis le quai, l'une d'entre nous se couvrirait les yeux en se détournant – *je veux rentrer chez moi* – mais que les autres baisseraient la tête, lisseraient leur kimono et franchiraient la passerelle pour débarquer dans le jour encore tiède. *Nous voilà en Amérique*, nous dirions-nous, *il n'y a pas à s'inquiéter.* Et nous aurions tort.

LA PREMIÈRE NUIT

Cette nuit-là, nos nouveaux maris nous ont prises à la hâte. Ils nous ont prises dans le calme. Avec douceur et fermeté, sans dire un mot. Persuadés que nous étions vierges, comme l'avait promis la marieuse, ils nous ont traitées avec les plus grands égards. *Dis-moi si ça fait mal.* Ils nous ont prises par terre, sur le sol nu du *Minute Motel.* En ville, dans les chambres de second ordre du *Kumamoto Inn.* Dans les meilleurs hôtels de San Francisco où un homme jaune était autorisé à pénétrer à l'époque. Au *Kinokuniya Hotel.* Au *Mikado.* À l'hôtel *Ogawa.* Nous leur appartenions et ils supposaient que nous ferions tout ce qu'ils nous demanderaient. *S'il te plaît, tourne-toi vers le mur et mets-toi à quatre pattes.* Ils nous ont prises par le coude en disant tranquillement : « Le moment est venu. » Ils nous ont prises avant que nous ne soyons prêtes et nous avons saigné pendant trois jours. Ils nous ont prises avec notre kimono de soie blanche relevé par-dessus la tête et nous avons cru mourir. *J'avais l'impression d'étouffer.* Ils nous ont prises avec gourmandise, voracité, comme s'ils attendaient ce moment-là depuis des siècles. Ils nous ont prises alors que nous souffrions toujours des nausées de la traversée, et que le sol tanguait encore sous nos pieds. Ils nous ont prises dans la violence, à coups de poing, chaque fois que nous tentions de résister. Ils nous ont prises alors que nous les mordions. Les frappions. Les insultions – *Tu ne vaux même pas le petit doigt de ta mère* – en appelant au secours (nul n'est venu). Ils nous ont prises alors que nous nous agenouillions à leurs pieds, face contre terre, en les suppliant d'attendre. *Ne peut-on patienter jusqu'à demain ?* Ils nous ont prises par surprise, car certaines d'entre nous n'avaient pas été informées par leur mère de ce qui les attendait précisément. *J'avais treize ans et je n'avais jamais regardé un homme dans les yeux.* Ils nous ont prises en nous priant d'excuser leurs mains calleuses, et nous avons tout de suite compris qu'ils étaient fermiers et non banquiers. Ils nous ont prises tranquillement, alors que penchées à la fenêtre nous admirions les lumières de la ville, en contrebas. « Es-tu heureuse ? » se sont-ils enquis. Ils nous ont attachées et prises face contre terre, sur le tapis usé qui sentait le moisi et les crottes de souris. Ils nous ont prises avec frénésie sur des draps aux taches jaunies. Avec aisance et sans histoires, car certaines d'entre nous avaient vécu cela bien des fois. Sous l'emprise de l'alcool. Avec brutalité, sans la moindre considération, en se moquant bien de nous faire mal. *J'ai cru que mon vagin allait exploser.* Ils nous ont prises alors même que nous serrions les jambes en demandant : « S'il vous plaît, non. » En faisant très attention, comme s'ils risquaient de nous briser. *Tu es si petite.* Sans sentiment mais avec savoir-faire – *Dans vingt secondes, tu vas perdre le contrôle* – et nous avons su qu'il y en avait eu beaucoup d'autres avant nous. Ils nous ont prises alors que nous regardions le plafond, indifférentes, attendant que cela se termine, sans comprendre que cela durerait des années. Ils nous ont prises avec l'aide de l'aubergiste et de sa femme, qui nous tenaient par terre pour nous empêcher de fuir. *Plus aucun homme ne voudra de toi quand il en aura fini.* Ils nous ont prises à la manière dont notre père prenait notre mère chaque nuit dans la pièce unique de notre hutte au village : tout à coup, sans prévenir, au moment même où nous nous endormions. Ils nous ont prises à la lumière de la lampe. Au clair de lune. Dans l'obscurité, et nous n'y voyions rien. Cela a duré six secondes, puis ils se sont effondrés sur nous pleins de petits soupirs frissonnants, et nous avons pensé : *Alors c'est ça ?* Cela a duré des heures et nous savions que nous aurions mal pendant des semaines. Ils nous ont prises à genoux, cramponnées au bois de lit, en pleurs. Ils nous ont prises en concentrant leur attention avec férocité sur un mystérieux point du mur qu'eux seuls pouvaient voir. En nous murmurant sans cesse « Merci » dans un dialecte familier de Tohoku qui nous a tout de suite mises à l'aise. *J'avais l'impression d'entendre mon père.* Ils nous ont prises en criant dans un grossier patois d'Hiroshima que nous comprenions à peine et nous avons su que nous passerions le reste de notre vie avec un pêcheur. Ils nous ont prises debout, devant la glace, en insistant pour que nous regardions notre reflet. « Tu finiras par aimer ça », disaient-ils. Ils nous ont prises avec politesse, en nous tenant les poignets et en nous priant de ne pas crier. Avec timidité, beaucoup de difficulté, en se demandant comment faire. « Excusez-moi », disaient-ils. Et puis : « C'est vous, là ? » Et puis : « Aidez-moi », et nous l'avons fait. Ils nous ont prises avec des grognements. En grondant. Avec des cris, de longs gémissements. En pensant à d'autres femmes – nous le savions à cause de cette distance dans leur regard – et ensuite ils nous ont maudites quand ils se sont aperçus qu'il n'y avait pas de sang sur les draps. Ils nous ont prises avec maladresse, et nous ne les avons plus laissés nous toucher pendant trois ans. Ils nous ont prises avec plus de dextérité que jamais auparavant et nous avons su que nous les désirerions toujours. Ils nous ont prises et nous avons crié de plaisir, puis nous nous sommes couvert la bouche de honte. Ils nous ont prises en vitesse, de façon répétée, toute la nuit durant, et au matin, quand nous nous sommes réveillées, nous leur appartenions.

LES BLANCS

Nous nous installions à la lisière de leurs villes, quand ils nous laissaient faire. Quand ce n'était pas possible – *Prenez garde à bien quitter cet endroit avant le coucher du soleil,* disaient parfois leurs écriteaux – nous poursuivions notre chemin. Nous errions de campement en campement, par leurs vallées brûlantes et poussiéreuses – Sacramento, Imperial, San Joaquin – au côté de nos nouveaux maris, pour travailler leurs terres. Nous cueillions les fraises à Watsonville. Nous cueillions leur raisin à Fresno et Denair. À genoux, nous déterrions leurs pommes de terre avec des fourches sur Bacon Island, dans le delta, où la terre était molle et spongieuse. À Holland Tract, nous triions leurs haricots verts. Et une fois les récoltes terminées, nous remettions nos couvertures sur le dos et, un sac de vêtements à la main, nous attendions le passage du prochain train pour pousser plus loin.

Water, l'eau, est le premier mot de leur langue que nous ayons appris. « Crie-le bien fort, nous disaient nos maris, dès que tu commences à te sentir mal dans les champs. Retiens bien ce mot, il te sauvera la vie.» Nous y sommes parvenues, pour la plupart, à l'exception d'une des nôtres – Yoshiko, qui avait été élevée par des nourrices derrière les hauts murs d'une cour de Kobé et n'avait jamais vu une mauvaise herbe. À l'issue de son premier jour au Marble Ranch, elle s'est couchée pour ne jamais se réveiller. «Je croyais qu'elle dormait», a déclaré son mari. «Crise cardiaque», a expliqué le patron. Une autre était trop timide pour appeler ainsi, alors elle s'est agenouillée par terre pour boire dans un canal d'irrigation. Sept jours plus tard, elle était brûlante de fièvre, c'était la typhoïde. Nous avons vite appris d'autres mots : «C'est bien» – disait le patron quand il était satisfait de notre travail –, et «Rentre chez toi» – quand il nous trouvait trop lentes ou maladroites.

Chez nous, c'était un lit de camp dans un baraquement du Fair Ranch, à Yolo. Une longue tente sous un prunier touffu à Kettleman. Un dortoir en planches au Camp n° 7 de Barhart Tract, à Lodi. *Rien que des rangées d'oignons, à perte de vue.* Une paillasse dans l'écurie de John Lyman, à côté de ses chevaux de prix et de ses vaches. Un coin du lavoir au Cannery Ranch de Stockton. Une couchette dans un wagon de marchandises rouillé à Lompoc. Un vieux poulailler occupé avant nous par des Chinois, à Willows. Un matelas infesté de puces dans un entrepôt de Dixon. Un tas de foin posé sur trois caisses de pommes sous un pommier du verger de Fred Stadelman. Un espace dans une école désaffectée de Marysville. Un carré de terre au milieu des poiriers à Auburn, non loin des berges de l'American River, où nous passions nos nuits allongées à contempler les étoiles américaines, qui n'étaient pas différentes des nôtres : là-haut bien au-dessus de nous scintillaient Altaïr, Véga – la Tisserande et le Bouvier de la légende –, mais aussi Jupiter et Mercure. « Même latitude », nous expliquaient nos maris. Chez nous, c'était là où les récoltes étaient mûres. Là où se trouvaient nos maris. Au côté de l'homme qui binait les mauvaises herbes depuis des années pour le patron.

Au début nous nous posions sans cesse des questions. Pourquoi montaient-ils sur leurs chevaux par la gauche et non la droite ? Comment parvenaient-ils à se différencier les uns des autres ? Pourquoi criaient-ils toujours ? Était-il vrai qu'ils accrochaient des assiettes aux murs à la place des tableaux ? Qu'ils avaient des verrous à leurs portes ? Qu'ils gardaient leurs souliers à l'intérieur ? De quoi parlaient-ils tard le soir en s'endormant ? À quoi rêvaient-ils ? Qui priaient-ils ? Combien de dieux avaient-ils ? Était-ce vrai qu'ils voyaient un homme dans la lune au lieu d'un lapin ? Qu'ils mangeaient du ragoût de bœuf lors des enterrements ? Qu'ils buvaient le lait des vaches ? Et cette odeur ? Qu'est-ce que c'était ? « Ils puent le beurre », nous expliquaient nos maris.

Ne t'approche pas d'eux, nous a-t-on mises en garde. Et si tu y es obligée, sois prudente. Ne crois pas toujours ce qu'ils disent mais apprends à les observer de près : leurs mains, leurs yeux, les commissures des lèvres, les changements de couleur de leur teint. Bientôt tu sauras les déchiffrer. Prends garde à ne pas les fixer trop longtemps. Avec le temps tu t'accoutumeras à leur taille. Attends-toi au pire mais ne t'étonne pas qu'ils soient gentils à l'occasion. La bonté est partout. N'oublie pas de les mettre à l'aise. Sois humble. Polie. Montre-toi toujours prête à faire plaisir. Réponds par : « Oui, monsieur » ou « Non, monsieur » et vaque à ce qu'on te demande. Mieux encore, ne dis rien du tout. À présent tu appartiens à la catégorie des invisibles.

Leurs charrues pesaient plus lourd que nous, elles étaient difficiles à manier et leurs chevaux faisaient le double des nôtres, au Japon. Pour les harnacher nous étions obligées de grimper sur une caisse à oranges, de nous hisser sur un tabouret et, la première fois que nous leur avons crié des ordres, ils sont restés là à souffler et gratter la terre. Étaient-ils sourds ? Étaient-ils stupides ? Ou simplement têtus ? « Ce sont des chevaux américains, nous ont expliqué nos maris. Ils ne comprennent pas le japonais. » C'est ainsi que nous avons appris nos premiers mots d'anglais. « Hue » servait à les faire avancer, « huhau » à les faire reculer. On disait « ho » quand on voulait qu'ils ralentissent, et « holà » pour qu'ils s'arrêtent. Au bout de cinquante années passées en Amérique, ce seraient les seuls mots d'anglais qu'auraient retenus certaines d'entre nous.

Sur le bateau, nous avions appris quelques expressions dans leur langue grâce à nos guides – *Hello*, « bonjour », *Beg pardon*, « Excusez-moi », *Please pay me my wages*, « S'il vous plaît, donnez-moi mon salaire » – et nous étions capables de réciter leur alphabet, mais hélas, sur place, ces connaissances ne nous servaient à rien. Nous ne pouvions lire leurs magazines ni leurs journaux. Nous contemplions les lettres avec désespoir. *Tout ce dont je me souviens c'est que ça commençait par un* e. Quand le patron s'adressait à nous, nous entendions parfaitement les mots mais cela n'avait aucun sens à nos oreilles. Lors des rares occasions où nous devions nous rappeler à leur attention – *Mr Smeesh ?* –, ils écarquillaient les yeux devant nous, haussaient les épaules et s'éloignaient.

Ne te laisse pas décourager. Sois patiente. Reste calme. Mais pour l'instant, nous disaient nos maris, *laisse-moi parler à ta place.* Car ils maîtrisaient la langue anglaise. Comprenaient les usages américains. Aussi chaque fois que nous avions besoin de sous-vêtements, ils ravalaient leur fierté, traversaient les champs brûlants jusqu'à la ville et, dans un anglais parfait mais avec un fort accent, ils s'adressaient à la vendeuse. « Pas pour moi », expliquaient-ils. Et quand nous arrivions dans un nouveau ranch, que le patron nous toisait en décrétant : « Elle n'est pas assez costaude », nos maris faisaient tout pour le convaincre du contraire. « Aux champs, ma femme vaut bien un homme », affirmaient-ils, et tout de suite les faits leur donnaient raison. Et quand nous étions terrassées par la malaria, incapables de soulever notre tête du sol, ce sont nos maris qui allaient raconter au patron que nous étions malades : « D'abord elle est chaude, après elle est froide, et après elle est encore chaude. » Et quand le patron proposait d'aller lui-même à la ville cet après-midi-là pour nous acheter le médicament dont nous avions besoin – « Ne vous inquiétez pas pour l'argent », disait-il –, ce sont nos maris qui le remerciaient avec effusion. Et ce remède avait beau rendre nos urines rouge sombre pendant quelques jours, bientôt nous allions mieux.

Certaines des nôtres travaillaient vite pour les impressionner. Pour leur montrer que nous étions aussi rapides que les hommes, si ce n'est plus, pour cueillir les prunes, tailler les betteraves, mettre les oignons dans des sacs et les fruits rouges dans des caissettes. D'autres parce qu'elles avaient passé toute leur enfance pieds nus, courbées dans les rizières, et qu'elles savaient déjà s'y prendre. D'autres encore car leurs maris les avaient prévenues que, dans le cas contraire, ils les renverraient au pays par le premier bateau. *J'ai demandé une femme forte et courageuse.* Certaines d'entre nous venaient de la ville et allaient lentement car jamais auparavant elles n'avaient manié la houe. « C'est le travail le plus facile en Amérique », nous disait-on. Certaines qui s'étaient toute leur vie montrées faibles et maladives, au bout d'une semaine passée dans les citronneraies de Riverside, se sentaient désormais plus robustes qu'un bœuf. L'une des nôtres s'est évanouie avant d'avoir achevé de désherber son premier rang. D'autres trimaient en pleurant. Juraient. Nous souffrions toutes – nos mains pleines d'ampoules saignaient, nos genoux brûlaient, notre dos ne s'en remettrait jamais. L'une d'entre nous se laissait distraire de sa tâche par le bel hindou qui coupait des asperges sur le sillon suivant et elle ne pouvait s'empêcher de penser combien elle aimerait retirer son turban blanc de son énorme tête brune. *Je rêve de Gupta-san toutes les nuits.* En travaillant, certaines des nôtres psalmodiaient des sutras bouddhistes et les heures passaient comme des minutes. L'une – Akiko, qui était allée à l'école dans une mission à Tokyo, parlait déjà l'anglais et lisait chaque soir la bible à son mari – chantait *Élève-toi, mon âme, élève-toi.* Beaucoup d'entre nous reprenaient les mêmes chants des moissons que dans leur enfance, essayant d'imaginer qu'elles étaient de retour chez elles au Japon. Car si nos maris nous avaient dit la vérité dans leurs lettres – qu'ils n'étaient pas négociants en soieries mais cueillaient des fruits, qu'ils ne vivaient pas dans de vastes demeures aux pièces nombreuses mais dans des tentes, des granges, voire des champs, à la belle étoile – jamais nous ne serions venues en Amérique accomplir une besogne qu'aucun Américain qui se respecte n'eût acceptée.

Ils admiraient nos dos robustes et nos mains agiles. Notre endurance. Notre discipline. Nos dispositions dociles. Notre capacité peu commune à supporter la chaleur, qui l'été dans les champs de melons de Brawley pouvait frôler les cinquante degrés. Ils disaient que notre petite taille était idéale pour les travaux nécessitant de se courber jusqu'à terre. Où qu'ils nous assignent, ils étaient contents. Nous possédions toutes les vertus des Chinois – travailleurs, patients, d'une indéfectible politesse –, mais sans leurs vices – nous n'étions ni joueurs ni opiomanes, nous ne nous battions pas et ne crachions jamais. Nous étions plus rapides que les Philippins et moins arrogants que les hindous. Plus disciplinés que les Coréens. Moins tapageurs que les Mexicains. Nous revenions moins cher à nourrir que les migrants d'Oklahoma et d'Arkansas, qu'ils soient ou non de couleur. *Un Japonais peut vivre avec une cuillerée de riz par jour.* Nous étions la meilleure race de travailleurs qu'ils aient jamais employée au cours de leur vie. *Ces gars-là arrivent, et on n'a pas du tout besoin de s'en occuper.*

Le jour nous travaillions dans leurs vergers et leurs champs mais chaque nuit, dans notre sommeil, nous retournions chez nous. Parfois nous rêvions que nous étions revenues au village, où nous faisions avancer un cerceau de métal dans la rue des Riches-Marchands avec notre baguette fourchue préférée. D'autres fois nous jouions à cache-cache dans les roseaux au bord de la rivière. Et de temps à autre nous voyions passer un objet dans le courant. Un ruban de soie rouge perdu des années plus tôt. Un œuf bleu moucheté. L'oreiller de bois de notre mère. Une tortue partie de la maison quand nous avions quatre ans. Parfois nous nous tenions devant la glace avec notre grande sœur, Ai, dont le nom peut signifier «amour» ou «chagrin» selon la manière dont on l'écrit, qui nous tressait les cheveux. «Reste tranquille!» disait-elle. Et tout était comme il devait être. Mais à notre réveil, nous nous retrouvions allongées au côté d'un inconnu en un pays inconnu, dans une étable bondée, remplie des grognements et des soupirs des autres. Quelquefois dans son sommeil l'homme posait sur nous ses mains épaisses et noueuses et nous essayions de ne pas nous soustraire à son étreinte. *Dans dix ans il sera vieux*, nous disions-nous. Parfois il ouvrait les yeux dans la lueur de l'aube, voyait notre tristesse et nous promettait que les choses allaient changer. Et nous avions beau lui avoir lancé quelques heures plus tôt : «Je te déteste» alors qu'il nous grimpait dessus dans l'obscurité, nous le laissions nous réconforter car il était tout ce que nous avions. Il arrivait qu'il regarde à travers nous sans nous voir, et c'était là le pire. *Est-ce que quelqu'un sait que je suis ici?*

Toute la semaine ils nous faisaient trimer aux champs mais, le dimanche, ils nous laissaient nous reposer. Et tandis que nos maris s'en allaient en ville jouer au fantan à la salle de jeu chinoise, où la maison gagne à tous les coups, nous allions nous asseoir au pied d'un arbre avec nos encres et nos pinceaux pour écrire à notre mère, que nous avions promis de ne jamais quitter, sur de longues et fines feuilles en papier de riz. *Nous sommes à présent en Amérique, où nous arrachons les mauvaises herbes pour un homme imposant qu'on appelle Patron. Il n'y a pas de mûriers ici, ni de bosquets de bambous, ni de statues de Jizo au bord des routes. Les collines sont brunes et sèches et la pluie tombe rarement. Les montagnes sont lointaines. Nous vivons à la lumière des lampes à pétrole et une fois par semaine, le dimanche, nous lavons nos vêtements sur les pierres du ruisseau. Mon mari n'est pas l'homme de la photo. Mon mari est bien l'homme de la photo mais avec quelques années de plus. Le bel homme de la photo est le meilleur ami de mon mari. Mon mari est un ivrogne. Mon mari est le patron du* Yamaro Club *et il a le torse couvert de tatouages. Mon mari est plus petit qu'il ne le disait dans sa lettre, mais bon, moi aussi. Mon mari a été décoré de l'Ordre du cerf-volant d'or de sixième classe durant la guerre russo-japonaise et, à présent, il boite. Mon mari est entré illégalement dans ce pays en passant la frontière mexicaine. Mon mari a fait la traversée comme passager clandestin, il a quitté le navire à San Francisco la veille du grand tremblement de terre de 1906 et chaque nuit il rêve qu'il doit remonter à bord. Mon mari m'adore. Mon mari ne me laisse jamais en paix. Mon mari est un homme bon qui met les bouchées doubles quand il voit que je ne tiens pas la cadence, afin que le patron ne me renvoie pas à la maison.*

En secret, nous espérions être sauvées. Peut-être au cours de la traversée étions-nous tombées amoureuses d'un passager qui venait de la même île que nous, se souvenait des mêmes montagnes et ruisseaux, et que nous ne parvenions pas à chasser de notre esprit. Chaque jour, il se tenait à nos côtés sur le pont et nous disait combien nous étions jolies, intelligentes, tellement différentes ! Jamais il n'avait rencontré une femme comme nous au cours de sa vie. Il nous disait : « Attendez-moi. Je vous enverrai chercher aussitôt que je le pourrai. » Peut-être était-ce un travailleur sous contrat à Cortez, ou le président d'une compagnie d'import-export du centre de San Jose, et chaque jour nous creusions de nos mains la terre noire brûlée de soleil en priant pour qu'arrive enfin sa lettre. Mais chaque jour il n'y avait rien. Parfois, tard le soir, alors que nous nous préparions à nous coucher, nous fondions soudain en larmes et nos maris nous regardaient d'un air soucieux : « J'ai dit quelque chose de mal ? » demandaient-ils, et nous faisions signe que non. Mais quand la lettre de l'homme du bateau est enfin arrivée, un jour, par le courrier – *J'ai envoyé de l'argent à votre époux et je vous attendrai à l'hôtel* Taisho –, il nous a fallu tout raconter à nos maris. Ils nous ont frappées à coups de ceinture plusieurs fois en nous traitant de noms d'oiseaux que nous avions mérités, mais en fin de compte ils nous ont laissées partir. Car la somme envoyée par l'homme du bateau était plusieurs fois supérieure à ce qu'ils avaient dépensé pour nous faire venir du Japon. « Au moins maintenant, l'un de nous deux sera heureux, nous ont-ils dit. Mais rien ne dure. La première fois où je t'ai regardée dans les yeux, j'aurais dû comprendre que c'étaient ceux d'une prostituée. »

Parfois le patron s'approchait par-derrière alors que nous étions penchées sur ses cultures, pour nous murmurer quelque chose à l'oreille. Et même si nous ne comprenions pas un mot de ce qu'il disait, nous savions exactement ce qu'il voulait. « Moi pas parler anglais », répondions-nous. Ou : « Désolée, patron, mais c'est non. » Quelquefois un compatriote bien habillé sorti de nulle part venait nous proposer de nous emmener en ville avec lui. *Si tu viens travailler pour moi je te paierai dix fois ce que tu gagnes dans les champs.* Parfois un ami célibataire de notre mari nous sollicitait quand celui-ci s'éloignait, en nous glissant un billet de cinq dollars. « Laisse-moi juste venir en toi, disait-il. Je te promets que je ne bougerai pas. » De temps à autre nous cédions. « Retrouve-moi demain soir derrière la remise aux laitues à neuf heures », répondions-nous. Ou : « Je le ferai pour cinq dollars de plus. » Peut-être étions-nous malheureuses avec nos maris, qui allaient boire et jouer aux cartes tous les soirs pour rentrer très tard. Ou bien devions-nous envoyer de l'argent à notre famille car leur récolte de riz avait une fois de plus été dévastée par les inondations. *Nous avons tout perdu et survivons seulement en mangeant l'écorce des arbres et des ignames bouillis.* Même celles qui n'étaient pas jolies recevaient souvent de petits cadeaux en douce : une épingle à cheveux en écaille de tortue, une bouteille de parfum, un exemplaire du magazine *Modern Screen* volé en ville au comptoir d'un magasin où tout coûtait dix centimes. Cependant si nous prenions ces objets sans rien donner en échange, nous savions que nous courions des risques. *Il lui a coupé l'extrémité du doigt avec son sécateur.* Aussi avions-nous appris à y réfléchir à deux fois avant de dire oui et de regarder un autre homme dans les yeux, car en Amérique rien n'est gratuit.

Certaines des nôtres travaillaient comme cuisinières sur les campements ouvriers, d'autres faisaient la plonge, abîmant leurs mains délicates. Certaines avaient été emmenées dans des vallées reculées pour y tondre les moutons. Peut-être nos maris avaient-ils loué huit hectares de terres à un dénommé Caldwell, qui en possédait des milliers en plein cœur de la vallée de San Joaquin, et chaque année nous devions lui remettre soixante pour cent de notre récolte. Nous vivions dans une hutte de terre battue sous un saule, au milieu d'un vaste champ sans clôture, et dormions sur des matelas de paille. Nous allions faire nos besoins dehors, dans un trou. Nous tirions notre eau du puits. Nous passions nos journées à planter et ramasser des tomates du lever au coucher du soleil, et nous ne parlions à personne hormis à nos maris pendant des semaines d'affilée. Nous avions un chat pour nous tenir compagnie et chasser les rats, et le soir depuis le seuil de la porte, en regardant vers l'ouest, nous distinguions une lueur diffuse au loin. C'est là, nous avaient dit nos maris, que vivaient les gens. Et nous comprenions que jamais nous n'aurions dû partir de chez nous. Mais nous avions beau appeler notre mère de toutes nos forces, nous savions qu'elle ne pouvait nous entendre, aussi essayions-nous de tirer le meilleur parti de ce que nous avions. Nous découpions dans les magazines des photos de gâteaux que nous accrochions aux murs. Nous cousions des rideaux confectionnés à partir de sacs de riz blanchis. Nous fabriquions des autels bouddhistes avec des cageots à tomates renversés recouverts d'un tissu, et chaque matin nous laissions une tasse de thé fumante pour nos ancêtres. À la fin des moissons, nous faisions seize kilomètres à pied pour aller en ville nous offrir un petit cadeau : une bouteille de Coca-Cola, un nouveau tablier, un tube de rouge à lèvres, en espérant avoir l'occasion de l'essayer un jour.

Peut-être que l'on m'invitera à un concert. Certaines années, les récoltes étaient bonnes et les prix élevés, alors nous avions plus d'argent que nous n'en avions jamais espéré. *Deux cent cinquante à l'hectare.* D'autres années, nous perdions tout à cause des insectes, d'un champignon, d'un mois de pluies torrentielles, ou parce que le cours de la tomate s'effondrait et que nous étions contraints de vendre nos outils pour rembourser nos dettes, alors nous nous demandions ce que nous faisions là. « Je suis folle de t'avoir suivi à la campagne », disions-nous à nos maris. Ou bien : « Tu gâches ma jeunesse. » Mais lorsqu'ils nous demandaient si nous préférerions travailler comme bonnes en ville, à sourire, faire des courbettes sans jamais répondre autre chose que : « Oui, madame, oui, madame », toute la journée, nous devions bien admettre que la réponse était non.

Ils ne voulaient pas de nous comme voisins dans leurs vallées. Ils ne voulaient pas de nous comme amis. Nous vivions dans d'affreuses cabanes et ne parlions pas même l'anglais de base. Nous ne pensions qu'à l'argent. Nos techniques agricoles n'étaient pas très efficaces. Nous utilisions trop d'eau. Nous ne labourions pas en profondeur. Nos maris nous faisaient trimer comme des esclaves. *Ils importent ces filles du Japon pour avoir de la main-d'œuvre gratuite.* Nous travaillions aux champs du matin au soir sans même nous arrêter pour manger. Nous travaillions aux champs tard dans la nuit à la lumière de nos lampes à pétrole. Jamais nous ne prenions un jour de congé. *Une horloge et un lit, voilà deux choses qu'un paysan japonais n'utilisera jamais dans sa vie.* Nous prenions le contrôle de leur filière du chou-fleur. Nous avions déjà la mainmise sur les épinards. Nous avions le monopole des fraises et accaparions le marché du haricot. Nous formions une machine économique imbattable, irrésistible, et si personne ne freinait notre élan, tout l'ouest des États-Unis serait bientôt un nouveau comptoir, une colonie asiatique.

Pendant des nuits entières nous les attendions. Parfois ils passaient devant nos cabanes et criblaient nos fenêtres de chevrotines, ou mettaient le feu à nos poulaillers. Parfois ils dynamitaient nos remises. Brûlaient nos cultures alors qu'elles commençaient à mûrir, et nous perdions le produit de toute une année. Et nous avions beau découvrir des empreintes de pas dans la terre le lendemain matin, des allumettes éparpillées, quand nous demandions au shérif de venir constater lui-même les faits, il nous répondait que les preuves étaient insuffisantes. Après cela nos maris n'étaient plus les mêmes. *À quoi bon ?* Le soir nous nous couchions avec nos souliers et une petite hache près du lit, tandis que nos maris restaient assis près de la fenêtre jusqu'à l'aube. Parfois un bruit nous réveillait en sursaut, mais ce n'était rien – quelque part dans le monde, sans doute, une pêche était-elle tombée d'un arbre –, et d'autres fois nous dormions toute la nuit, trouvant au matin nos maris recroquevillés sur leur chaise à ronfler, alors nous essayions de les réveiller doucement, car ils avaient encore leur fusil sur les genoux. Parfois nos maris achetaient un chien de garde, qu'ils appelaient Dick ou Harry ou Spot, et ils finissaient par s'attacher davantage à cet animal qu'à nous, et nous nous demandions si nous n'avions pas fait une bêtise en venant nous installer sur une terre si violente et hostile. *Existe-t-il tribu plus sauvage que les Américains ?*

L'une des nôtres les rendait responsables de tout et souhaitait qu'ils meurent. L'une des nôtres les rendait responsables de tout et souhaitait mourir. D'autres apprenaient à vivre sans penser à eux. Nous nous jetions à corps perdu dans le travail, obsédées par l'idée d'arracher une mauvaise herbe de plus. Nous avions rangé nos miroirs. Cessé de nous peigner. Nous oubliions de nous maquiller. *Quand je me poudre le nez, on dirait du givre sur une montagne.* Nous oubliions Bouddha. Nous oubliions Dieu. Nous étions glacées à l'intérieur, et notre cœur n'a toujours pas dégelé. *Je crois que mon âme est morte.* Nous n'écrivions plus à notre mère. Nous avions perdu du poids et nous étions devenues maigres. Nous ne saignions plus chaque mois. Nous ne rêvions plus. N'avions plus envie. Nous travaillions, c'est tout. Nous engloutissions nos trois repas par jour sans dire un mot à nos maris pour pouvoir retourner plus vite aux champs. *« Une minute de gagnée, c'est une mauvaise herbe arrachée », cette pensée ne me quittait plus l'esprit.* Nous écartions les jambes pour eux tous les soirs mais nous étions si fatiguées que nous nous endormions avant qu'ils aient fini. Nous lavions leurs vêtements une fois par semaine dans des baquets d'eau bouillante. Nous leur préparions à manger. Nous nettoyions tout pour eux. Les aidions à couper du bois. Mais ce n'était pas nous qui cuisinions, lavions, maniions la hache, c'était une autre. Et la plupart du temps nos maris ne s'apercevaient même pas que nous avions disparu.

Certaines d'entre nous ont quitté la campagne pour s'installer dans les banlieues et ont appris à les connaître. Nous vivions dans les quartiers réservés aux domestiques des belles demeures d'Atherton et Berkeley, au-dessus de Telegraph, là-haut dans les collines. Ou bien nous travaillions pour un homme comme le Dr Giordano, chirurgien renommé sur la côte d'or d'Alameda, spécialiste du thorax. Et pendant que nos maris tondaient les pelouses du Dr Giordano, taillaient les arbustes du Dr Giordano, ramassaient les feuilles mortes du Dr Giordano, nous restions à l'intérieur avec Mrs Giordano, femme aux cheveux bruns bouclés et aux douces manières, qui voulait que nous l'appelions Rose, et nous de nettoyer l'argenterie de Rose, de balayer les parquets de Rose, de nous occuper des trois jeunes enfants de Rose, Richard, Jim et Theo, à qui nous chantions tous les soirs des berceuses dans une langue qui n'était pas la leur. *Nemure, nemure.* Et ce n'était pas du tout ce que nous avions espéré. *Je suis venue m'occuper de ces garçons comme si c'étaient les miens.* Mais c'était la vieille mère du Dr Giordano, Lucia, que nous aimions le mieux. Lucia était encore plus seule que nous, et presque aussi petite, et une fois surmontée la peur que nous lui inspirions, elle ne nous a plus quittées. Elle nous suivait d'une pièce à l'autre quand nous faisions les poussières ou passions la serpillière et jamais elle ne cessait de parler. *Molto bene. Perfetto ! Basta cosi.* Et longtemps après sa mort sont demeurés en nous les souvenirs de son pays comme si c'étaient les nôtres : la mozzarella, les *pomodori*, le *Lago di Como*, la piazza du centre-ville où elle allait tous les jours faire des courses avec ses sœurs. *Italia, Italia, comme j'aimerais revoir mon pays une dernière fois.*

Ce sont leurs femmes qui nous ont enseigné les choses dont nous avions le plus besoin. Comment allumer la cuisinière. Comment faire un lit. Répondre à la porte. Serrer la main. Ouvrir un robinet, car beaucoup d'entre nous n'en avaient jamais vu de leur vie. Comment répondre au téléphone en ayant l'air gaie alors qu'on est triste ou en colère. Comment cuire un œuf. Peler une pomme de terre. Mettre la table. Préparer en six heures un dîner pour douze personnes comportant cinq plats différents. Comment allumer une cigarette. Faire des ronds de fumée. Friser ses cheveux pour ressembler à Mary Pickford. Comment nettoyer une tache de rouge à lèvres sur le col de la chemise blanche préférée de votre mari alors que ce n'est pas votre rouge à lèvres. Comment relever sa jupe dans la rue pour dévoiler juste ce qu'il convient de cheville. *Il faut attirer le regard, pas aguicher.* Comment parler à son mari. Se quereller avec son mari. Tromper son mari. Comment l'empêcher de trop s'éloigner de vous. *Ne lui demandez pas où il est allé ni à quelle heure il est rentré à la maison, et assurez-vous qu'il soit heureux au lit.*

Nous les aimions. Nous les haïssions. Nous voulions *être* elles. Si grandes, si belles, si blanches. Leurs longs membres gracieux. Leurs dents éclatantes. Leur teint pâle et lumineux, qui masquait les sept défauts du visage. Leurs manières étranges mais attachantes, qui ne cessaient jamais de nous amuser – leur goût pour la sauce A1, les souliers pointus à talons, leur drôle de démarche avec les orteils à l'extérieur, leur habitude de se rassembler dans le salon de l'une ou l'autre pour rester debout à parler toutes en même temps pendant des heures en groupe nombreux et bruyant. Mais pourquoi, nous demandions-nous, ne s'asseyent-elles jamais ? Elles semblaient bien dans leur univers. Tellement à l'aise. Elles possédaient une assurance qui nous faisait défaut. Et de bien plus beaux cheveux. *Avec tant de couleurs*. Et nous regrettions de ne pouvoir leur ressembler davantage.

Tard le soir, dans nos chambres étroites et sans fenêtre, à l'arrière de leurs vastes demeures, nous les imitions. « Maintenant, c'est toi le patron et c'est moi la patronne », disions-nous à nos maris. « Non, c'est *toi* le patron et c'est *moi* la patronne », répondaient-ils parfois. Nous essayions d'imaginer comment ils s'y prenaient. Ce qu'ils se disaient. Qui était dessus. Qui était dessous. Est-ce qu'il criait ? Et elle ? Se réveillaient-ils enlacés au matin ? D'autres soirs nous restions tranquillement allongés dans le noir et nous racontions notre journée. *J'ai battu les tapis. J'ai fait bouillir les draps. J'ai arraché le chiendent du côté sud de la pelouse avec mon couteau de paysan.* Et quand nous avions terminé, nous remontions les couvertures, fermions les yeux et rêvions des temps meilleurs à venir. D'une jolie maison blanche qui serait à nous, dans une longue rue ombragée, avec un jardin toujours en fleurs. D'une baignoire qui se remplirait d'eau chaude en quelques minutes. D'un domestique qui chaque matin nous apporterait le petit déjeuner sur un plateau d'argent et balaierait toutes les pièces. D'une femme de chambre. D'une buanderie. D'un majordome chinois en redingote blanche qui apparaîtrait dès que nous ferions tinter la clochette et à qui nous lancerions : « Charlie, s'il vous plaît, apportez-moi mon thé ! »

Elles nous donnaient de nouveaux noms. Elles nous appelaient Helen ou Lily. Ou bien Margaret. Ou encore Pearl. Elles s'émerveillaient de notre silhouette minuscule et de nos longs cheveux noirs et brillants. Elles nous complimentaient sur nos grandes capacités de travail. *Cette fille ne s'arrête jamais avant d'avoir mené à bien sa tâche.* Elles s'enorgueillissaient de nos qualités auprès de leurs voisines. Elles s'enorgueillissaient de nos qualités auprès de leurs amies. Elles prétendaient nous préférer à tout autre personnel de maison. *On ne peut pas trouver mieux.* Quand elles étaient malheureuses et n'avaient personne à qui parler, elles nous confiaient leurs plus lourds secrets. *Tout ce que je lui ai dit était un mensonge.* Quand leurs maris s'absentaient pour des raisons professionnelles, elles nous demandaient de dormir avec elles dans leur chambre, au cas où elles se sentiraient seules. Quand elles nous appelaient au milieu de la nuit, nous venions à elles et restions auprès d'elles jusqu'au matin. « Du calme, du calme », leur disions-nous. Et : « Ne pleurez pas, je vous en prie. » Quand elles tombaient amoureuses d'un homme qui n'était pas leur mari, nous gardions leurs enfants dans la journée pendant qu'elles allaient retrouver cet homme. « Je suis belle ? » nous demandaient-elles. Et : « Ma jupe n'est pas trop étroite ? » Nous retirions de leur chemisier d'invisibles peluches, rattachions leur écharpe, rajustions une mèche folle pour qu'elle tombe comme il faut. Arrachions leurs cheveux blancs sans faire de commentaire. « Vous êtes belle », leur disions-nous, puis nous les laissions partir. Et quand leurs maris rentraient le soir à l'heure habituelle, nous faisions semblant de tout ignorer.

L'une d'elles vivait seule dans un manoir décrépi au sommet de la colline de Nob Hill à San Francisco et n'était pas sortie depuis douze ans. Une autre était comtesse, venait de Dresde et n'avait jamais rien tenu de plus lourd qu'une fourchette. Une autre avait fui les bolcheviques en Russie et toutes les nuits rêvait qu'elle était de retour dans la maison de son père à Odessa. *Nous avons tout perdu.* Une autre nous obligeait à nous mettre à quatre pattes chaque fois qu'il fallait récurer les sols au lieu de nous laisser utiliser un balai et une serpillière. Une autre prenait un chiffon et essayait de nous aider, mais elle nous ralentissait surtout. Une autre nous préparait des repas raffinés, servis dans de la belle porcelaine et insistait pour que nous nous asseyions à table avec elle, alors que nous ne songions qu'à nous remettre au travail. Une autre ne s'habillait jamais avant midi. Plusieurs souffraient de maux de tête. Beaucoup étaient tristes. La plupart buvaient. L'une d'elles nous emmenait en ville chaque vendredi après-midi au grand magasin *City of Paris*, en nous disant de choisir un vêtement. *Prenez ce que vous voulez.* Une autre nous a offert un dictionnaire, des gants de soie blancs et nous a inscrite à notre premier cours d'anglais. *Mon chauffeur vous attendra en bas.* D'autres essayaient de nous enseigner elles-mêmes la langue. *Ça, c'est un seau. Ça, une serpillière. Ça, un balai.* L'une d'elles était incapable de se rappeler notre nom. Une autre nous faisait un accueil chaleureux chaque matin mais, quand nous la croisions dans la rue, elle ne nous reconnaissait pas. Une autre nous a à peine adressé la parole pendant les treize ans que nous avons passés à son service, mais à sa mort, elle nous a laissé une fortune.

Ce que nous préférions, c'est quand elles sortaient pour aller chez le coiffeur, pour déjeuner à leur club, que leurs maris étaient toujours au bureau, et leurs enfants pas encore rentrés de l'école. Alors personne ne nous regardait. Personne ne nous parlait. Personne n'arrivait en douce derrière nous, tandis que nous nettoyions les sanitaires, pour voir si nous n'avions pas laissé de traces. La maison était entièrement vide. Silencieuse. Tout à nous. Nous tirions les rideaux. Ouvrions les fenêtres. Respirions l'air frais en passant d'une pièce à l'autre tandis que nous époussetions, faisions reluire leurs bibelots. *Tout ce qu'elles remarquent, c'est si ça brille.* Alors nous nous sentions apaisés. Nous avions moins peur. Pour une fois, nous étions nous-mêmes.

Certaines d'entre nous volaient. De petites choses au début, pensant qu'elles ne le remarqueraient pas. Ici une fourchette en argent. Là une salière. Une gorgée de cognac de temps à autre. Une superbe tasse ornée de roses que nous voulions à tout prix. Une superbe soucoupe ornée de roses. Un vase de porcelaine du même ton de vert que le bouddha de jade de notre mère. *J'aime les jolies choses.* Une poignée de monnaie qui traînait sur le comptoir depuis des jours. D'autres résistaient à la tentation et leur honnêteté était largement récompensée. *Je suis la seule domestique qu'elle laisse entrer dans sa chambre. Tous les Noirs doivent rester en bas, aux cuisines.*

Certaines d'entre elles nous renvoyaient sans prévenir et nous ignorions totalement ce que nous avions fait pour mériter cela. «Tu es trop jolie», disaient nos maris, même si nous avions du mal à croire que cela puisse être vrai. Certaines des nôtres étaient tellement ineptes qu'elles savaient bien qu'elles ne tiendraient pas plus d'une semaine. Nous oubliions de cuire la viande avant de la servir pour le souper. Nous brûlions chaque fois leurs flocons d'avoine. Nous laissions choir leurs plus beaux verres en cristal. Nous jetions leur fromage par erreur. « Je croyais qu'il était pourri », tentions-nous d'expliquer. « Mais c'est l'odeur normale », nous répondait-on. Certaines d'entre nous avaient du mal à les comprendre car leur anglais ne ressemblait en rien à celui de nos livres. Nous répondions « oui » quand elles demandaient si cela nous dérangerait de plier leur linge, « non » quand elles nous disaient de passer la serpillière, et lorsqu'elles voulaient savoir si nous avions vu leurs boucles d'oreilles en or qu'elles avaient égarées, nous faisions : « Ah bon ? » D'autres répondaient invariablement « Mmmh ». Certains de nos maris avaient menti sur nos talents de cuisinière – *Les spécialités de ma femme sont le poulet à la Kiev et la vichyssoise* –, mais il est vite devenu manifeste que nous savions seulement préparer le riz. Certaines d'entre nous avaient grandi dans de belles propriétés, avec leurs propres domestiques, et ne supportaient pas qu'on leur donne des ordres. Certaines n'aimaient pas les enfants américains qu'elles trouvaient trop bruyants et agressifs. Certaines n'appréciaient pas qu'ils fassent des commentaires sur elles à leur progéniture sans même s'apercevoir qu'elles étaient là. *Si tu ne travailles pas mieux à l'école, tu finiras par récurer les sols comme Lily.*

La plupart d'entre elles faisaient à peine attention à nous. Nous étions là quand elles avaient besoin de nous, et quand elles n'avaient plus besoin, pouf, nous disparaissions. Nous restions en retrait, nettoyions sans bruit leurs sols, cirions leurs meubles, donnions le bain à leur progéniture, récurions des parties de la maison que personne d'autre ne voyait. Nous ne parlions guère. Mangions peu. Nous étions douces. Nous étions bonnes. Nous ne causions jamais de problème et les laissions faire de nous ce qu'elles voulaient. Nous écoutions leurs compliments lorsqu'elles étaient contentes de nous. Nous les laissions se déchaîner contre nous lorsqu'elles étaient en colère. Nous acceptions de leur part des choses dont nous n'avions ni besoin ni envie. *Si je ne prends pas ce vieux pull, elle m'accusera de faire la fière.* Nous ne les embêtions pas avec nos questions. Nous ne répondions ni ne nous plaignions jamais. Nous ne demandions aucune augmentation. La plupart d'entre nous étaient des filles simples de la campagne qui ne parlaient pas anglais et par conséquent en Amérique, nous le savions, nous n'avions pas d'autre choix que de récurer les éviers et frotter les parquets.

Nous ne parlions pas d'elles dans nos lettres à notre mère. Nous ne parlions pas d'elles dans nos lettres à nos sœurs ou nos amies. Car au Japon le métier le plus vil qu'une femme puisse exercer est celui de bonne. *Nous avons quitté les champs pour emménager dans une jolie maison en ville, où mon mari a trouvé un emploi auprès d'une famille de tout premier plan. Je prends du poids. Je m'épanouis. J'ai grandi de plus d'un centimètre. Je porte à présent des sous-vêtements. Un corset et des bas. Un soutien-gorge de coton blanc. Je dors jusqu'à neuf heures tous les matins et je passe les après-midi dehors au jardin avec le chat. Mon visage est plus plein. Mes hanches plus larges. Mon pas s'est allongé. J'apprends à lire. Je suis des cours de piano. Je maîtrise l'art de la pâtisserie américaine et ma tarte au citron meringuée a même remporté un concours il y a peu. Je sais que tu te plairais ici. Les rues sont larges, propres, et on n'a pas besoin de retirer ses souliers pour marcher sur l'herbe. Je pense souvent à toi et je t'enverrai de l'argent dès que je pourrai.*

De temps à autre, un de leurs hommes déclarait qu'il voulait nous parler dans son bureau alors que sa femme était sortie faire des courses, et nous ne savions pas comment dire non. «Tout va bien ?» nous demandait-il. En général nous regardions par terre et répondions que oui bien sûr, tout allait bien, même si ce n'était pas vrai, mais quand il posait doucement la main sur notre épaule en insistant pour savoir si nous étions bien sûres, nous ne nous détournions pas. «Personne n'en saura rien», disait-il. Ou : «Elle va rentrer tard.» Et quand il nous menait à la chambre, à l'étage, qu'il nous couchait sur le lit – ce lit que nous avions fait le matin même –, nous nous mettions à pleurer car il y avait si longtemps que personne ne nous avait prises dans ses bras.

Certains nous demandaient de leur dire des mots en japonais juste pour entendre le son de notre voix. *Peu importe ce que tu dis.* Certains nous demandaient de revêtir pour eux notre plus beau kimono de soie et de leur marcher lentement sur le dos. Certains nous demandaient de les attacher avec une ceinture de soie à fleurs puis de les traiter de tous les noms qui nous passaient par la tête, et nous étions surprises par les mots qui nous venaient à l'esprit, si facilement, car nous ne les avions jamais prononcés à haute voix. Certains nous demandaient de leur dire notre vrai prénom, qu'ils murmuraient ensuite encore et encore, jusqu'à ce que nous ne sachions plus qui nous étions. *Midori. Midori. Midori.* Certains nous disaient que nous étions belles, alors que nous nous savions laides et disgracieuses. *Au Japon aucun homme ne me regarderait.* Certains voulaient savoir si nous aimions cela, s'ils nous faisaient mal, voire si nous aimions cela quand même, et nous répondions oui, et c'était la vérité. *Au moins quand je suis avec toi je sais que je suis vivante.* Certains nous mentaient. *Je n'ai jamais fait ça auparavant.* Et à notre tour, nous leur mentions. *Moi non plus.* Certains nous donnaient de l'argent, que nous glissions dans nos bas pour le donner ensuite à nos maris le soir sans dire un mot. Certains nous promettaient qu'ils quitteraient leurs femmes pour nous, et nous savions qu'ils ne le feraient jamais. Certains découvraient qu'ils nous avaient mises enceintes – *Mon mari ne m'a pas touchée depuis plus de six mois* – et nous renvoyaient. « Il faut t'en débarrasser », nous disaient-ils. Et puis : « Je paierai tout. » Et puis : « Je vais te trouver immédiatement une autre place ailleurs. »

L'une des nôtres a commis l'erreur de tomber amoureuse et elle pense encore à lui nuit et jour. Une autre a tout raconté à son mari, qui l'a battue avec un balai avant de s'écrouler, en larmes. Une autre a tout raconté à son mari, qui a demandé le divorce et l'a renvoyée chez ses parents au Japon, et à présent elle travaille dans une manufacture de Nagano où elle tisse la soie dix heures par jour. Une autre a tout raconté à son mari, qui lui a pardonné, puis lui a avoué ses propres tromperies. *J'ai une deuxième famille à Colusa.* Une autre n'a rien dit à personne et a peu à peu perdu l'esprit. Une autre a écrit chez elle pour demander conseil à sa mère, qui savait toujours ce qu'il fallait faire, mais elle n'a jamais reçu de réponse. *Je dois franchir ce pont toute seule.* Une autre a rempli de pierres les manches de son kimono de mariage en soie blanche puis elle est entrée dans la mer, et nous prions pour elle chaque jour.

Quelques-unes d'entre nous se sont retrouvées à leur service exclusif dans des hôtels de passe au-dessus des piscines et des boutiques d'alcool dans les quartiers chauds de leurs villes. Nous les interpellions depuis les fenêtres du premier étage du *Tokyo House*, où la plus jeune d'entre nous avait à peine dix ans. Nous les observions de derrière nos éventails de papier décoré au *Yokohama House*, et s'ils payaient nous leur faisions tout ce que leurs femmes leur refusaient à la maison. Nous nous présentions, à l'*Aloha House*, sous le nom de Maîtresse Saki ou de l'Honorable Mademoiselle Fleur de Cerisier, en parlant d'une voix haut perchée de petite fille, et quand ils nous demandaient d'où nous venions, nous répondions en souriant : « Oh, du côté de Kyoto. » Nous dansions avec eux au *New Eden Night Club* et leur faisions payer cinquante cents le quart d'heure passé en notre compagnie. Et s'ils voulaient monter avec nous, nous leur disions que c'était cinq dollars la passe et vingt dollars pour garder la chambre jusqu'au matin. Quand ils en avaient fini avec nous, nous remettions leur argent à notre patron, qui jouait toutes les nuits, donnait régulièrement des pots-de-vin à la police et refusait de nous laisser coucher avec un homme de notre race. *Une jolie fille comme toi vaut un millier de pièces d'or.*

Parfois lorsque nous étions au lit avec eux, nous nous apercevions que notre mari, que nous avions fui, nous manquait. *Était-il si méchant ? Si brutal ? Si ennuyeux ?* Il arrivait que nous tombions amoureuses de notre patron, qui nous avait enlevées sous la menace d'un couteau alors que nous revenions des champs. *Il me donne des choses. Il me parle. Il me laisse aller me promener.* Parfois nous parvenions à nous convaincre qu'au bout d'un an à l'*Eureka House*, nous aurions assez d'argent pour payer notre billet de retour, mais à la fin de l'année tout ce qui nous restait c'était cinquante cents et une mauvaise chaude-pisse. *L'année prochaine*, nous disions-nous. *Ou bien la suivante.* Mais même la plus jolie d'entre nous savait que nos jours étaient comptés, car dans notre profession à vingt ans soit on est finie, soit on est morte.

L'un d'entre eux nous a rachetées au bordel où nous travaillions, pour nous installer à Montecito dans une grande maison donnant sur une rue bordée d'arbres dont nous ne citerons pas le nom. Il y avait des hibiscus à la fenêtre, des plateaux de table en marbre, des canapés en cuir, des ramequins de verre remplis de toutes sortes de noix au cas où des visiteurs viendraient nous voir. Il y avait une petite chienne blanche adorée que nous avions nommée Shiro, à cause de celle que nous avions laissée au Japon, et que nous sortions avec plaisir trois fois par jour. Une glacière électrique. Un gramophone. Un poste de radio Majestic. Une Ford T dans l'allée que nous démarrions à la manivelle chaque dimanche pour aller nous promener. Il y avait une toute petite bonne du nom de Consuelo, qui venait des Philippines, préparait de merveilleuses crèmes et tourtes, et anticipait nos moindres besoins. Elle savait quand nous étions heureuses. Elle savait quand nous étions tristes. Elle savait quand nous nous étions querellés la veille au soir et quand nous avions pris du bon temps. Et pour tout cela, nous éprouvions une infinie gratitude envers notre nouveau mari, sans qui nous travaillerions toujours sur le trottoir. *Dès que je l'ai vu, j'ai su que j'étais sauvée.* Pourtant de temps à autre nous nous surprenions à songer à l'homme que nous avions laissé derrière nous. Avait-il brûlé toutes nos affaires après notre départ ? Avait-il déchiré nos lettres ? Nous haïssait-il ? Lui manquions-nous ? Se souciait-il encore que nous soyons mortes ou vives ? Était-il toujours jardinier chez les Burnham sur Sutter Street ? Avait-il déjà planté leurs jonquilles ? Avait-il fini de réensemencer leur pelouse ? Dînait-il toujours seul le soir dans la grande et belle cuisine de Mrs Burnham, ou avait-il enfin noué des liens d'amitié avec la domestique noire préférée de Mrs Burnham ? Lisait-il toujours trois pages du *Manuel du jardinier* avant de s'endormir ? Rêvait-il encore de devenir un beau jour majordome ? De temps à autre, en fin d'après-midi, quand la lumière commençait juste à décliner, nous sortions de notre malle son portrait jauni pour le regarder une dernière fois. Mais si forte que soit notre volonté, nous ne pouvions pas nous résoudre à le jeter.

Un certain nombre des nôtres se sont retrouvées penchées sur une bassine en fer-blanc galvanisé dès leur troisième jour en Amérique, à frotter tranquillement des vêtements : draps et taies d'oreiller tachés, mouchoirs souillés, cols sales, combinaisons de dentelle blanche si jolies que nous pensions qu'elles devraient être portées dessus et non dessous. Nous travaillions dans les blanchisseries en sous-sol du quartier japonais dans les parties les plus délabrées de leurs villes – San Francisco, Sacramento, Santa Barbara, L.A. – et chaque matin nous nous levions avant l'aurore avec nos maris pour laver, frotter, bouillir. Et le soir, quand nous posions nos brosses pour nous mettre au lit, nous rêvions que nous continuions de nettoyer, et il en serait ainsi pendant bien des années. Mais même si nous n'étions pas venues en Amérique pour vivre dans une minuscule pièce fermée par un rideau au fond du *Royal Hand Laundry*, nous savions que nous ne pouvions rentrer chez nous. *Si tu reviens,* nous avait écrit notre père, *tu attireras la honte sur la famille tout entière. Si tu reviens tes sœurs cadettes ne se marieront jamais. Si tu reviens aucun homme ne voudra plus jamais de toi.* Ainsi donc nous sommes restées dans le quartier japonais avec nos nouveaux maris, où nous avons vieilli avant l'heure.

Dans le quartier japonais nous ne les croisions presque jamais. Nous servions les clients à table sept jours par semaine dans les gargotes et bars à nouilles de nos maris, et nous connaissions par cœur les habitués. Yamamoto-san. Natsuhara-san. Eto-san. Kodami-san. Nous nettoyions les chambres dans les pensions bon marché de nos maris, et deux fois par jour nous préparions à manger pour leurs clients, qui nous ressemblaient comme deux gouttes d'eau. Nous faisions nos courses à l'épicerie *Fujioka*, où l'on vendait tout ce que nous avions l'habitude de trouver autrefois chez nous : du thé vert, des pains de poisson, de l'encens, des prunes au vinaigre, du tofu frais, des algues séchées pour lutter contre le goitre et le rhume. Nous allions chercher du saké de contrebande pour nos maris, à la piscine qui se trouvait sous le bordel à l'angle de Third Street et Main Street, en prenant soin d'enfiler un tablier blanc afin que l'on ne nous confonde pas avec les prostituées. Nous achetions nos robes chez *Yada Ladies' Shop* et nos souliers chez *Asahi Shoe*, où nous trouvions notre pointure. Nous allions chercher notre crème pour le visage chez *Tenshodo Drug*. Nous nous rendions aux bains publics tous les samedis, où nous cancanions avec nos amies et nos voisines. Était-il exact que Kisayo refusait de laisser entrer son mari chez lui par la porte de devant ? Mikiko s'était-elle vraiment enfuie avec un joueur de cartes du *Toyo Club* ? Et que Hagino avait-elle donc fait à ses cheveux ? *On dirait un nid de rats.* Nous nous rendions à la clinique dentaire Yoshinaga quand nous avions mal aux dents, et quand nos genoux ou notre dos nous faisaient souffrir, nous allions chez le Dr Hayano, l'acupuncteur, qui pratiquait aussi l'art du shiatsu. Quand nous avions besoin de conseils pour nos affaires de cœur – *Dois-je le quitter ou rester ?* – nous nous adressions à Mrs Murata, la voyante, qui vivait dans la maison bleue sur Second Street, au-dessus du prêteur sur gages Asakawa, et nous nous asseyions dans sa cuisine, tête baissée, les mains sur les genoux, attendant qu'elle reçoive un message des dieux. *Si vous le quittez maintenant il n'y en aura pas d'autre.* Et tout cela se passait dans un rayon de quatre pâtés de maisons, quartier plus japonais que le village dont nous venions. *Quand je ferme les yeux j'oublie que je vis à l'étranger.*

Lorsque nous quittions le quartier japonais pour nous aventurer par les grandes rues propres de leur ville, nous essayions de ne pas attirer l'attention sur nous. Nous nous habillions comme eux. Marchions comme eux. Prenions soin de nous déplacer en groupe. Nous nous faisions tout petits – *Si tu restes à ta place ils te laisseront tranquille* – et faisions de notre mieux pour ne pas les offenser. Pourtant ils nous donnaient du fil à retordre. Leurs hommes flanquaient une grande bourrade à nos maris en leur lançant : « Moi désolé ! » tout en faisant choir leur chapeau. Leurs enfants nous jetaient des pierres. Leurs serveurs s'occupaient toujours de nous en dernier. Les ouvreuses nous faisaient monter en haut, au deuxième balcon, où elles nous donnaient les plus mauvaises places de la salle. *Le paradis des nègres*, comme elles appelaient cela. Leurs coiffeurs refusaient de nous couper les cheveux. *Trop durs pour nos ciseaux*. Leurs femmes nous demandaient de nous éloigner d'elles dans l'omnibus lorsque nous étions trop près. «Veuillez m'excuser», répondions-nous, puis nous souriions en nous écartant. Car la seule manière de leur résister, nous avaient appris nos maris, c'était de ne pas résister. Néanmoins, la plupart du temps, nous restions chez nous, dans le quartier japonais, où nous nous sentions en sécurité au milieu des nôtres. Nous apprenions à vivre à l'écart, en les évitant autant que possible.

Un jour, nous étions-nous promis à nous-mêmes, nous partirions. Nous travaillerions dur afin d'économiser assez d'argent pour aller ailleurs. En Argentine, peut-être. Ou au Mexique. À São Paulo, au Brésil. À Harbin en Mandchourie, où d'après nos maris un Japonais pouvait vivre comme un prince. *Mon frère s'est installé là-bas l'année dernière et il a fait un tabac*. Nous pourrions tout recommencer. Ouvrir notre propre étal de fruits. Notre compagnie commerciale. Notre hôtel de première classe. Nous planterions une cerisaie. Un bosquet de plaqueminiers. Achèterions des centaines d'hectares de riches champs blonds. Nous apprendrions des choses. Nous ferions des choses. Nous construirions un orphelinat. Un temple. Nous prendrions le train pour la première fois. Et une fois pas an, le jour de notre anniversaire de mariage, nous mettrions du rouge à lèvres et nous irions au restaurant. *Un endroit chic, avec des nappes blanches et des lustres.* Et quand nous aurions mis de côté assez d'argent pour aider nos parents à mener une vie plus confortable, nous ferions nos bagages et retournerions au Japon. Ce serait l'automne et nos pères seraient dans les champs à battre le blé. Nous irions nous promener parmi les mûriers, près du gros néflier du Japon, le long du vieil étang aux nénuphars où autrefois nous attrapions des têtards au printemps. Nos chiens accourraient vers nous. Nos voisins nous feraient de grands signes. Nos mères seraient assises auprès du puits, leurs manches attachées, à nettoyer le riz du soir. En nous voyant elles se contenteraient de se lever et de nous regarder. « Ma petite fille, nous diraient-elles, où donc étais-tu passée ? »

Mais en attendant nous resterions en Amérique un peu plus longtemps à travailler pour eux, car sans nous, que feraient-ils ? Qui ramasserait les fraises dans leurs champs ? Qui laverait leurs carottes ? Qui récurerait leurs toilettes ? Qui raccommoderait leurs vêtements ? Qui repasserait leurs chemises ? Qui redonnerait du moelleux à leurs oreillers ? Qui changerait leurs draps ? Qui leur préparerait leur petit déjeuner ? Qui débarrasserait leur table ? Qui consolerait leurs enfants ? Qui baignerait leurs anciens ? Qui écouterait leurs histoires ? Qui préserverait leurs secrets ? Qui chanterait pour eux ? Qui danserait pour eux ? Qui pleurerait pour eux ? Qui tendrait l'autre joue, et puis, un jour – parce que nous serions fatigués, parce que nous serions vieux, parce que nous en serions capables –, leur pardonnerait ? *Un imbécile, forcément.* Alors nous repliions nos kimonos pour les ranger dans nos malles, et ne plus les ressortir pendant de longues années.

NAISSANCES

Nous avons accouché sous un chêne, l'été, par quarante-cinq degrés. Nous avons accouché près d'un poêle à bois dans la pièce unique de notre cabane par la plus froide nuit de l'année. Nous avons accouché sur des îles venteuses du Delta, six mois après notre arrivée, nos bébés étaient minuscules, translucides, et ils sont morts au bout de trois jours. Nous avons accouché neuf mois après avoir débarqué de bébés parfaits, à la tête couverte de cheveux noirs. Nous avons accouché dans des campements poussiéreux, parmi les vignes, à Elk Grove et Florin. Nous avons accouché dans des fermes reculées d'Imperial Valley, avec la seule aide de nos maris, qui avaient tout appris dans *Le Compagnon de la ménagère. Mettez une casserole d'eau à bouillir...* Nous avons accouché à Rialto, à la lumière d'une lampe à pétrole, sur une vieille couverture de soie que nous avions apportée du Japon dans notre malle. *Elle a encore l'odeur de ma mère.* Nous avons accouché comme Makiyo dans une étable aux abords de Maxwell, allongée sur une épaisse paillasse. *Je voulais être près des animaux.* Nous avons accouché seules, dans une pommeraie de Sebastopol, après être allées chercher du petit bois par un matin d'automne inhabituellement clément là-haut dans les collines. *J'ai coupé le cordon avec mon couteau et j'ai emporté ma fille dans mes bras.* Nous avons accouché sous une tente à Livingston avec l'aide d'une sage-femme qui avait parcouru plus de trente kilomètres à cheval depuis la ville voisine pour se rendre à notre chevet. Nous avons accouché dans des petites bourgades où aucun médecin n'acceptait de nous assister, et nous avons dû nous débrouiller nous-mêmes avec le placenta. *J'ai souvent vu ma mère faire ça.* Nous avons accouché dans des villages où il y avait un seul médecin, trop cher pour nous. Nous avons accouché avec l'aide du Dr Ringwalt, qui a refusé que nous le payions. « Gardez votre argent », a-t-il dit. Nous avons accouché entre nous, à la clinique de sage-femmes Takahashi, sur Clement Street, à San Francisco. À l'hôpital Kuwabara sur North Five Street, à San Jose. Sur une route de campagne pleine de cahots à Castroville, à l'arrière du camion Dodge de notre mari. *Le bébé est arrivé trop vite.* Nous avons accouché sur le sol de terre battue recouvert d'un journal d'un baraquement pour ouvriers de French Camp du plus gros bébé que la sage-femme ait vu de sa carrière. *Plus de cinq kilos six.* Nous avons accouché avec l'aide de la femme du poissonnier, Mrs Kondo, qui avait connu notre mère naguère au Japon. *C'était la deuxième plus jolie fille du village.* Nous avons accouché derrière un rideau de dentelle au fond de l'*Adachi Barbershop* à Gardena tandis que notre mari faisait à Mr Ota son rasage hebdomadaire. Nous avons accouché rapidement, en dehors des heures de travail, dans l'appartement au-dessus de la boutique *Higo* où tout est à dix cents. Nous avons accouché en nous cramponnant aux montants du lit et en maudissant notre mari – *C'est toi qui m'as fait ça !* – et il a juré que jamais plus il ne nous toucherait. Nous avons accouché à cinq heures du matin dans la salle de repassage de l'*Eagle Hand Laundry* et dès la nuit suivante notre mari a voulu nous embrasser. *Je lui ai dit : « Mais tu ne peux pas attendre ? »* Nous avons accouché en silence, comme nos mères, qui n'avaient jamais émis ni cri ni plainte. *Elle a travaillé dans les rizières jusqu'à ce qu'elle ressente les premières contractions.* Nous avons accouché en pleurant, comme Nogiku, qui a attrapé les fièvres et n'a pas pu se lever pendant trois mois. Nous avons accouché facilement, en deux heures, et puis nous avons eu la migraine pendant cinq ans. Nous avons accouché six semaines après que notre mari nous eut quittées, d'une enfant qu'aujourd'hui nous regrettons d'avoir abandonné. *Après elle, je n'ai jamais plus réussi à tomber enceinte.* Nous avons accouché en secret, dans les bois, d'un enfant dont notre mari savait qu'il n'était pas de lui. Sur un dessus-de-lit passé, orné de fleurs, dans un bordel d'Oakland, en écoutant les gémissements, à travers la cloison. Dans une pension de Petaluna, deux semaines après avoir quitté la demeure du juge Carmichael sur Russian Hill. Nous avons accouché après avoir fait nos adieux à notre patronne, Mrs Lippincott, qui ne voulait pas que ses hôtes soient accueillis à la porte par une domestique enceinte. *Cela ne serait pas convenable.* Nous avons accouché avec l'aide de la femme du contremaître, la *señora* Santos, qui nous a attrapées par les cuisses en nous disant de pousser. *Empuje ! Empuje ! Empuje !* Nous avons accouché alors que notre mari jouait à Chinatown, et quand il est rentré, ivre, au petit matin, nous sommes restées cinq jours sans lui adresser la parole. *Il a perdu tout l'argent de la saison en une nuit.* Nous avons accouché l'année du Singe. Nous avons accouché l'année du Coq. Nous avons accouché l'année du Chien, et du Dragon, et du Rat. Nous avons accouché, comme Urako, par une nuit de pleine lune. Nous avons accouché un dimanche, dans une grange d'Encinitas, et le lendemain nous avons attaché le bébé sur notre dos pour aller ramasser les fruits dans les champs. Nous avons accouché de tant d'enfants que nous avons vite perdu le compte des années. Nous avons eu Nobuo et Shojiro et Ayako. Tameji qui ressemblait trait pour trait à notre frère, et nous l'avons contemplé avec bonheur. *Oh, c'est toi!* Nous avons eu Eikichi, qui ressemblait à notre voisin, et par la suite notre mari ne nous a plus jamais regardées dans les yeux. Nous avons eu Misuzu, qui est née avec le cordon ombilical autour du cou comme un rosaire, et nous avons su qu'elle serait un jour prêtresse. *C'est un signe du Bouddha.* Nous avons eu Daisuke, qui avait de longs lobes aux oreilles, et nous avons su qu'un jour il serait riche. Nous avons eu Masaji, qui est arrivé tardivement, dans notre quarante-cinquième année, alors que nous avions perdu tout espoir de produire un jour un héritier. *Je croyais avoir perdu mon dernier œuf il y a longtemps.* Nous avons eu Fujiko, qui a tout de suite semblé reconnaître la voix de son père. *Il chantait pour elle tous les soirs dans mon ventre.* Nous avons eu Yukiko, dont le nom signifie « neige ». Asano, qui avait la cuisse épaisse, le cou trop court et aurait fait un bien meilleur garçon. Nous avons eu Kamechiyo, qui était si laide que nous craignions de ne jamais lui trouver de mari. *Elle a un visage à arrêter net un tremblement de terre.* Nous avons eu des bébés si beaux que nous ne parvenions pas à croire qu'ils étaient de nous. Des bébés qui étaient citoyens américains, et au nom desquels nous pouvions enfin signer un bail pour exploiter la terre. Nous avons accouché de bébés qui souffraient de coliques. De bébés au pied-bot. De bébés bleus et maladifs. Nous avons accouché sans nos mères, qui auraient su exactement quoi faire. Nous avons accouché de bébés à six doigts et nous avons détourné les yeux quand la sage-femme a commencé d'aiguiser son couteau. *Vous avez dû manger un crabe pendant votre grossesse.* Nous avions attrapé une blennoragie dès la première nuit avec notre mari et nous avons eu des bébés aveugles. Nous avons eu des jumeaux, ce qui porte malheur, et nous avons demandé à la sage-femme que l'un d'eux se transforme en «visiteur d'un jour». *À vous de décider lequel.* Nous avons eu onze enfants en quinze ans mais seulement sept ont survécu. Nous avons eu six garçons et trois filles avant l'âge de trente ans, puis une nuit nous avons repoussé notre mari en disant doucement : «Ça suffit.» Neuf mois plus tard nous avons eu Sueko, dont le nom signifie «le dernier». «Oh, encore un!» a réclamé notre mari. Nous avons eu cinq filles et cinq garçons à intervalles réguliers de dix-huit mois et puis, un jour, cinq ans plus tard, nous avons accouché de Toichi, dont le prénom veut dire «onze». *C'est le fourgon de queue.* Nous avons accouché alors même que nous avions versé de l'eau froide sur notre ventre et sauté plusieurs fois du haut de la véranda. *Je n'ai pas réussi à le décoller.* Nous avons accouché alors même que nous avions bu la potion donnée par la sage-femme pour nous épargner une nouvelle naissance. *Mon mari avait une pneumonie et on avait besoin de moi aux champs.* Nous n'avons pas eu d'enfant durant les quatre premières années de notre mariage alors nous avons fait une offrande à Inari et nous avons eu six garçons d'affilée. Nous avons eu tant de bébés que notre utérus est descendu et nous avons dû porter une ceinture spéciale pour le retenir à l'intérieur. Nous avons failli accoucher mais le bébé était tourné de côté et seul son bras a pu sortir. Nous avons failli accoucher mais la tête était trop grosse et au bout de trois jours nous avons levé les yeux vers notre mari en lui disant : « S'il te plaît, pardonne-moi », avant de mourir. Nous avons accouché mais le bébé était trop faible pour pleurer aussi l'avons-nous laissé durant une nuit dans un berceau près du poêle. *Si elle passe la nuit, alors elle vivra.* Nous avons accouché mais le bébé était moitié fille moitié garçon et nous l'avons étouffé avec des chiffons. Nous avons accouché mais notre lait n'est jamais monté et au bout d'une semaine le bébé est mort. Nous avons accouché mais le bébé était déjà mort dans notre ventre et nous l'avons enterré, nu, dans les champs, près d'un ruisseau, seulement nous avons déménagé tant de fois que nous ne nous souvenons plus où il se trouve.

LES ENFANTS

Nous les déposions doucement dans des fossés, des sillons, dans des paniers d'osier sous les arbres. Nous les laissions tout nus sur des couvertures, par-dessus des nattes de paille tressée, à la lisière des champs. Nous les installions dans des cageots de pommes vides et les prenions dans nos bras chaque fois que nous finissions de biner une rangée de haricots. En grandissant ils sont devenus plus turbulents, et parfois nous les attachions sur leur chaise. Au cœur de l'hiver nous les accrochions sur notre dos à Redding pour aller tailler les vignes, mais certains matins il faisait si froid que leurs oreilles gelaient et saignaient. Au début de l'été, à Stockton, nous les laissions dans des rigoles toutes proches tandis que nous ramassions les premières prunes et déterrions les oignons pour les mettre dans des sacs. Nous les laissions jouer avec des baguettes en notre absence et les appelions de temps à autre pour qu'ils sachent que nous étions toujours là. *N'embête pas les chiens. Ne touche pas aux abeilles. Ne t'éloigne pas sinon papa sera furieux.* Mais quand ils se lassaient et se mettaient à pleurer, nous continuions à travailler car si nous nous arrêtions, nous savions bien que jamais nous ne parviendrions à payer nos dettes. *Maman ne peut pas venir.* Au bout d'un moment, leurs appels se faisaient moins pressants et leurs sanglots cessaient. Et à la fin du jour quand la lumière disparaissait du ciel, nous allions les réveiller à l'endroit où ils s'étaient endormis et nous époussetions la terre de leurs cheveux. *Il est temps de rentrer à la maison.*

Certains d'entre eux étaient volontaires et têtus et n'écoutaient rien de ce que nous leur disions. D'autres étaient plus sereins que le Bouddha. *Il est venu au monde avec le sourire.* L'une d'entre eux aimait son père plus que tout. Une autre détestait les couleurs vives. L'un ne pouvait aller nulle part sans son seau en fer-blanc. L'une s'est sevrée à l'âge de treize mois, elle a pointé le doigt vers un verre de lait sur le comptoir en disant : « Je veux. » Plusieurs montraient une sagesse qui n'était pas de leur âge. *La voyante a déclaré qu'il était né avec l'âme d'un vieil homme.* À table ils se comportaient comme des adultes. Jamais ils ne pleuraient. Jamais ils ne se plaignaient. Jamais ils ne laissaient leurs baguettes plantées dans le riz. Ils jouaient seuls toute la journée sans bruit tandis que nous travaillions à côté dans les champs. Ils faisaient des dessins dans la terre pendant des heures. Et quand nous tentions de les prendre dans nos bras pour rentrer à la maison, ils secouaient la tête en disant : « Je suis trop lourd », ou bien : « Repose-toi, maman. » Ils s'inquiétaient pour nous quand nous étions fatiguées. Ils s'inquiétaient pour nous quand nous étions tristes. Ils savaient sans que nous le disions quand nos genoux nous faisaient souffrir ou quand c'était la mauvaise période du mois. Ils dormaient avec nous la nuit, comme des chiots, sur des planches de bois couvertes de foin, et pour la première fois depuis notre arrivée en Amérique cela ne nous dérangeait pas d'avoir quelqu'un dans notre lit.

Toujours nous avons eu nos préférences. Peut-être était-ce pour notre premier-né, Ichiro, grâce à qui nous nous étions senties tellement moins seules qu'auparavant. *Mon mari ne m'a pas adressé la parole depuis plus de deux ans.* Ou notre deuxième fils, Yoichi, qui à quatre ans a appris tout seul à lire l'anglais. *C'est un génie.* Ou Sunoko, qui tirait sur notre manche de manière si impérieuse, mais oubliait ensuite ce qu'elle avait à nous dire. « Cela te reviendra plus tard », lui disions-nous, mais cela ne lui revenait jamais. Certaines d'entre nous préféraient leurs filles, qui étaient douces et bonnes, et d'autres, comme nos mères avant nous, leurs fils. *Ils sont plus productifs à la ferme.* Nous les nourrissions davantage que leurs sœurs. Nous prenions leur parti lors des querelles. Nous les vêtions mieux. Nous dépensions jusqu'à notre dernier penny pour les emmener chez le médecin quand ils avaient la fièvre, alors que nous soignions nous-mêmes nos filles à la maison. *J'applique un cataplasme à la moutarde sur sa poitrine et j'adresse une prière au dieu du vent et des mauvais rhumes.* Car nous savions que nos filles nous quitteraient à l'instant où elles se marieraient, alors que nos fils s'occuperaient de nous quand nous serions vieilles.

En général, nos maris n'avaient rien à faire avec eux. Jamais ils ne changeaient une couche. Jamais ils ne lavaient la vaisselle sale. Jamais ils ne touchaient un balai. Le soir, nous avions beau être épuisées, quand ils rentraient des champs, ils s'asseyaient pour lire le journal tandis que nous préparions le dîner pour les enfants, faisions la vaisselle et raccommodions des piles de vêtements tard dans la soirée. Jamais ils ne nous laissaient dormir avant eux. Jamais ils ne nous laissaient nous lever après le soleil. *Tu donnerais le mauvais exemple aux enfants.* Jamais ils ne nous accordaient ne serait-ce que cinq minutes de répit. C'étaient des hommes taciturnes, usés, qui entraient et sortaient de la maison dans leur bleu de travail boueux en marmonnant des choses au sujet des drageons, du prix des haricots verts, du nombre de caisses de céleri qu'ils espéraient récolter cette année-là. Ils s'adressaient rarement à leurs enfants, ni même ne semblaient se rappeler leurs noms. *Dis au troisième garçon de se tenir droit quand il marche.* Et quand l'ambiance à table devenait trop bruyante, ils frappaient dans leurs mains et s'écriaient : « Ça suffit ! » Leurs enfants, en retour, préféraient ne pas leur parler du tout. Lorsqu'ils avaient quelque chose à leur dire, ils passaient toujours par notre intermédiaire. *Dis au père que j'ai besoin de cinq cents. Dis au père qu'il y a un problème avec un des chevaux. Dis au père qu'il a raté un coin en se rasant. Demande au père pourquoi il est si vieux.*

Dès que possible, nous les avons mis au travail dans les champs. Ils cueillaient des fraises avec nous à San Martin. Ils ramassaient les petits pois avec nous à Los Osos. Ils se faufilaient derrière nous dans les vignes de Hughson et Del Rey où nous coupions les grappes de raisin pour les mettre à sécher sur des claies au soleil. Ils puisaient de l'eau. Ils débroussaillaient. Ils bêchaient les mauvaises herbes. Ils coupaient du bois. Ils labouraient, l'été, dans la chaleur écrasante d'Imparial Valley alors qu'ils n'avaient pas fini de grandir. Certains étaient lents, rêveurs, capables de repiquer toute une rangée de choux-fleurs à l'envers par erreur. D'autres savaient trier les tomates plus vite que l'ouvrier le plus expérimenté. Beaucoup se plaignaient. Ils avaient mal au ventre. À la tête. La poussière leur irritait atrocement les yeux. Certains enfilaient leurs bottes chaque matin sans qu'on ait besoin de leur demander. L'un d'eux avait ses sécateurs préférés qu'il affûtait tous les soirs dans la grange après le dîner et que personne n'avait le droit de toucher. L'une pensait sans cesse aux insectes. *Il y en a partout.* Une autre un jour s'est assise parmi les rangs d'oignons en disant qu'elle aurait préféré ne jamais naître. Et nous nous demandions si nous avions bien fait de les mettre au monde. *Jamais nous n'avons eu l'argent pour leur acheter des jouets.*

Pourtant ils jouaient pendant des heures tels des petits veaux dans les champs. Ils confectionnaient des épées avec des sarments de vigne et se livraient à des duels sous les arbres. Ils fabriquaient des cerfs-volants avec du papier journal et du balsa, attachaient un couteau à la ficelle et livraient combat dans le ciel les jours de grand vent. Ils réalisaient des poupées en tordant du fil de fer et de la paille, puis les torturaient dans les bois avec des baguettes affûtées. Ils jouaient à cache-cache au clair de lune dans les vergers tout comme nous le faisions au Japon. Ils jouaient à donner des coups de pied dans des boîtes de conserve, à lancer des couteaux, à pierre-feuille-ciseaux. Ils faisaient des concours pour savoir lequel d'entre eux pouvait confectionner le plus de cageots la veille du jour de marché, et qui tenait le plus longtemps suspendu à une branche de noyer sans lâcher. Ils façonnaient des avions et des oiseaux en papier, qu'ils regardaient voler. Ils collectionnaient des nids de corneilles, des peaux de serpents, des carapaces de scarabées, des glands, des piquets en fer rouillés glanés le long des chemins. Ils apprenaient le nom des planètes. Se lisaient mutuellement les lignes de la main. *Ta ligne de vie est anormalement courte.* Se prédisaient l'avenir. *Un jour tu feras un long voyage en chemin de fer.* Ils retournaient à la grange après le dîner avec des lampes à pétrole pour jouer au papa et à la maman dans le grenier. *Maintenant tu te frappes le ventre et tu cries comme si tu étais en train de mourir.* Par les chaudes nuits d'été, quand il faisait presque trente-sept degrés, ils étalaient leurs couvertures dehors sous les pêchers et rêvaient de pique-niques au bord de la rivière, d'une nouvelle gomme, d'un livre, d'un ballon, d'une poupée de porcelaine aux yeux violets qui se ferment, de partir un jour loin de la ferme à travers le vaste monde.

Loin de la ferme, disait-on, existaient d'étranges enfants pâles qui grandissaient sans jamais sortir dehors et ne savaient rien des champs ni des ruisseaux. Certains n'avaient même jamais vu un arbre. *Leurs mères ne les laissent pas aller jouer au soleil.* Loin de la ferme, disait-on, il y avait de luxueuses maisons blanches avec des miroirs dans des cadres dorés, des poignées de porte en cristal et des toilettes en faïence qu'on nettoyait en tirant simplement une chaîne. *Et ça ne sent même pas.* Loin de la ferme, disait-on, on utilisait des matelas garnis de durs ressorts de métal, qui étaient parfois doux comme des nuages (la sœur de Goro était partie travailler à la ville comme bonne et, à son retour, elle avait raconté que les lits étaient si moelleux qu'elle devait dormir par terre).

Loin de la ferme, disait-on, il y avait des mères qui prenaient leur petit déjeuner au lit tous les matins et des pères qui passaient la journée à leur bureau, assis dans un fauteuil, à crier des ordres dans un téléphone – et ils se faisaient payer pour ça. Loin de la ferme, disait-on, où que l'on aille, on demeurait toujours un étranger, et si on se trompait de bus, on risquait de ne plus jamais pouvoir rentrer chez soi.

Ils attrapaient des têtards et des libellules au bord du ruisseau puis les mettaient dans des bocaux en verre. Ils nous regardaient tuer les poulets. Ils cherchaient dans les collines l'endroit où le cerf s'était couché pour s'allonger à leur tour dans ce nid arrondi d'herbes hautes aplaties. Ils arrachaient la queue des lézards pour voir combien de temps elle mettrait à repousser. *Il ne se passe rien.* Ils rapportaient à la maison des bébés moineaux perdus, les nourrissaient de gruau de riz sucré avec un cure-dents, mais au matin, à leur réveil, les oisillons étaient morts. « La nature s'en moque bien », leur disions-nous. Ils s'asseyaient sur la clôture pour regarder le fermier voisin mener sa vache au taureau. Ils avaient vu une chatte manger ses petits. « Ça arrive », leur avions-nous expliqué. Ils nous entendaient la nuit quand nos maris nous prenaient, refusant de nous laisser tranquilles bien que notre beauté se soit depuis longtemps fanée. « Peu importe à quoi tu ressembles dans le noir », nous disaient-ils. Ils prenaient leur bain tous les soirs avec nous, dehors, dans d'immenses baquets en bois chauffés sur le feu, et plongeaient jusqu'au menton dans l'eau fumante. Ils mettaient la tête en arrière. Fermaient les yeux. Prenaient notre main. Nous posaient des questions. *Comment on sait quand on est mort ? Et s'il n'y avait pas d'oiseaux ? Et si on a des boutons rouges partout sur le corps mais que ça fait pas mal ? C'est vrai que les Chinois mangent les pieds des cochons ?*

Ils possédaient des talismans qui les protégeaient. Un bouchon rouge. Une bille de verre. Une carte postale représentant deux beautés russes déambulant le long de la rivière Songhua, envoyée par un oncle stationné en Mandchourie. Ils avaient des plumes blanches porte-bonheur qu'ils emportaient partout avec eux dans leurs poches, et des cailloux enveloppés dans des chiffons doux qu'ils conservaient dans des tiroirs – pour les prendre entre leurs mains juste un instant, le temps que s'évanouisse l'angoisse. Ils avaient des mots secrets qu'ils se murmuraient à eux-mêmes lorsqu'ils avaient peur. Des arbres préférés où ils grimpaient quand ils voulaient être seuls. *Que tout le monde s'en aille.* Ils avaient leurs sœurs favorites entre les bras desquelles ils s'endormaient aussitôt. Des grands frères haïs avec lesquels ils refusaient qu'on les laisse seuls. *Il me tuerait.* Des chiens dont ils étaient inséparables et auxquels ils pouvaient confier ce qu'ils ne pouvaient dire à personne. *J'ai cassé la pipe de papa et je l'ai enterrée sous un arbre.* Ils avaient leurs propres règles. *Il ne faut jamais dormir avec son oreiller au nord.* (Hoshiko s'était endormie avec son oreiller tourné vers le nord, au beau milieu de la nuit elle avait cessé de respirer et elle était morte.) Ils avaient leurs propres rituels. *Il faut toujours jeter du sel là où passe un vagabond.* Ils avaient leurs propres croyances. *Quand on voit une araignée le matin, ça signifie qu'on va avoir de la chance. Si on s'allonge après avoir mangé, on se transforme en vache. Si on porte un panier sur la tête, on arrête de grandir. Une fleur toute seule signifie la mort.*

Nous leur racontions des histoires au sujet de moineaux à la queue coupée, de grues remplies de gratitude, de petites colombes qui n'oubliaient jamais de laisser leurs parents se poser sur la plus haute branche. Nous essayions de leur apprendre les bonnes manières. *Ne montre pas du bout de tes baguettes. Ne suce jamais tes baguettes. Ne prends jamais la dernière bouchée qui reste dans le plat.* Nous les complimentions quand ils étaient gentils avec les autres tout en leur disant qu'il ne fallait pas s'attendre à être récompensés pour leurs bonnes actions. Nous les réprimandions quand ils voulaient répondre. Leur enseignions à ne pas accepter la charité. À ne pas se vanter. Nous leur transmettions tout ce que nous savions. La richesse commence par un sou. Mieux vaut encaisser les coups que les donner. Il faut rendre tout ce qu'on te donne. Ne sois pas bruyant comme les Américains. Tiens-toi loin des Chinois. *Ils ne nous aiment pas.* Attention aux Coréens. *Ils nous haïssent.* Méfie-toi des Philippins. *Ils sont pires que les Coréens.* N'épouse jamais personne qui viendrait d'Okinawa. *Ces gens-là ne sont pas vraiment japonais.*

À la campagne, surtout, nous les perdions jeunes. À cause de la diphtérie et de la rougeole. De l'angine. La coqueluche. De mystérieuses infections qui en une nuit viraient à la gangrène. L'un d'entre eux a été piqué par une araignée noire dans la remise et a souffert de fièvres. Un autre a reçu à l'estomac un coup de sabot de notre mule grise préférée. Une autre a disparu tandis que nous triions les pêches pour les ranger dans des cageots, dans la grange, et nous avons eu beau regarder sous chaque pierre, derrière chaque arbre, nous ne l'avons jamais retrouvée et par la suite nous n'avons plus été les mêmes. *J'ai perdu le goût de vivre.* L'un d'eux a basculé du camion alors que nous partions vendre la rhubarbe au marché, il est tombé dans un coma dont il ne s'est jamais réveillé. L'une d'elles a été enlevée par un cueilleur de poires d'un verger voisin, dont nous avions repoussé les avances de multiples fois. *J'aurais dû céder.* Une autre a été grièvement brûlée quand l'alambic a explosé derrière la grange et elle n'a survécu qu'un jour. *La dernière chose qu'elle m'a dite, c'est : «Maman, n'oublie pas de regarder là-haut dans le ciel.»* Plusieurs se sont noyés. Dans la rivière Calaveras. La Nacimiento. Dans un canal d'irrigation. Au fond d'une lessiveuse que nous aurions dû vider pour la nuit. Et chaque année, au mois d'août, à la fête des morts, nous allumions des lanternes de papier que nous posions sur leurs tombes pour qu'elles accueillent leurs âmes de retour sur terre pendant une journée. Et à la fin de cette journée, quand il était temps pour elles de repartir, nous faisions flotter les lanternes sur la rivière pour qu'elles les guident en toute sécurité sur le chemin du retour. Car à présent, elles étaient devenues des bouddhas, qui habitaient le pays des Bienheureux.

Quelques-unes des nôtres ne parvenaient pas à en avoir, et c'était bien là le pire. Car sans héritier pour transmettre le nom de la famille, l'esprit de nos ancêtres cesserait d'exister. *J'ai le sentiment d'avoir fait tout ce chemin jusqu'en Amérique pour rien.* Parfois nous tentions d'aller chez une guérisseuse, qui nous expliquait que notre utérus avait une mauvaise forme et qu'il n'y avait rien à faire. «Votre sort a été scellé par les dieux», nous disait-elle, puis elle nous montrait la direction de la porte. Ou bien nous consultions l'acupuncteur, le

Dr Ishida, qui après nous avoir jeté un regard déclarait : «Trop de yang», et nous donnait des herbes pour nourrir notre yin et notre sang. Mais trois mois plus tard, nous faisions à nouveau une fausse couche. Certaines ont été renvoyées au Japon par leurs époux, et la rumeur les a poursuivies toute leur vie. «Divorcée», murmuraient les voisins. Et puis : «Il paraît qu'elle est sèche comme une calebasse.» Certaines ont coupé leurs cheveux pour les offrir à la déesse de la fertilité afin qu'elle leur fasse concevoir un enfant, mais malgré tout, chaque mois, elles saignaient toujours. Et nos maris avaient beau nous répéter que cela ne faisait aucune différence pour eux d'être pères ou pas – tout ce qu'ils voulaient, disaient-ils, c'était vieillir à nos côtés –, nous ne cessions de songer aux enfants que nous n'avions pas eus. *Chaque nuit je les entends qui jouent dehors, dans les arbres.*

Dans le quartier japonais nous vivions à huit ou neuf dans une pièce derrière notre salon de coiffure, nos bains-douches, dans de minuscules appartements aux murs bruts, si sombres que nous devions laisser les lumières allumées toute la journée. Ils éminçaient des carottes dans nos restaurants. Empilaient des pommes sur nos étals de fruits. Grimpaient sur leurs bicyclettes et allaient livrer leurs courses aux clients en passant par la porte de service. Ils séparaient le blanc et les couleurs dans nos blanchisseries en sous-sol et apprenaient vite à faire la différence entre le sang et le vin. Ils balayaient nos pensions. Changeaient les serviettes. Les draps. Faisaient les lits. Découvraient des choses qu'ils n'auraient pas dû voir. *J'ai cru qu'il priait mais il était mort.* Chaque soir ils apportaient son dîner à la veuve âgée du 4A, Mrs Kawamura, de Nagasaki, qui était femme de chambre à l'hôtel *Drexel* et n'avait pas d'enfants. *Mon mari était joueur et il ne m'a laissé que quarante-cinq cents.* Ils disputaient des parties de go dans le hall avec le vieux célibataire, Mr Morita, qui avait commencé comme repasseur à l'*Empress Hand Laundry* et trente ans plus tard l'était toujours. *C'est passé si vite.* Ils suivaient leurs pères de jardin en jardin lorsqu'ils effectuaient leur tournée et apprenaient à tailler les haies, à tondre les pelouses. Ils nous attendaient, assis sur des bancs de bois dans le parc, tandis que nous faisions le ménage dans les maisons de l'autre côté de la rue. *Ne parle pas aux inconnus*, leur disions-nous. *Travaille bien à l'école. Sois patient. Quoi que tu deviennes, tu ne dois pas finir comme moi.*

À l'école ils restaient assis au fond de la classe, dans leurs vêtements faits maison, au côté des Mexicains, et parlaient d'une petite voix timide. Ils ne levaient jamais la main. Ils ne souriaient jamais. À la récréation ils se regroupaient tous ensemble dans un coin de la cour et chuchotaient entre eux dans cette langue secrète et honteuse. À la cantine ils étaient toujours les derniers dans la file. Certains – les aînés – parlaient à peine anglais et, chaque fois qu'ils devaient prendre la parole, leurs genoux se mettaient à trembler. L'une d'entre eux, à qui un professeur avait demandé son nom, a répondu : « Six », et pendant des jours les rires ont résonné à ses oreilles. Un autre a dit qu'il s'appelait « Pelle », et toute sa vie, il a conservé ce sobriquet. Beaucoup nous demandaient de ne pas les renvoyer à l'école, pourtant au bout de quelques semaines, malgré tout, ils semblaient connaître le nom anglais de tous les animaux, étaient capables de lire tous les écriteaux qu'ils rencontraient quand nous allions en ville faire des courses – la rue avec les grands poteaux de bois, disaient-ils, s'appelait State Street, celle des barbiers peu accommodants, Grove, et le pont d'où s'était jeté Mr Itami après l'effondrement du marché était Last Chance Bridge – et partout où ils allaient ils savaient exprimer leurs désirs. *Je voudrais un chocolat au malt, s'il vous plaît.*

Un par un les mots anciens que nous leur avions enseignés disparaissaient de leurs têtes. Ils oubliaient le nom des fleurs en japonais. Ils oubliaient le nom des couleurs. Celui du dieu renard, du dieu du tonnerre, celui de la pauvreté, auquel nous ne pouvions échapper. *Aussi longtemps que nous vivrons dans ce pays, jamais ils ne nous laisseront acheter la terre.* Ils oubliaient le nom de la déesse de l'eau, Mizu Gami, qui protégeait nos rivières, nos ruisseaux, et insistait pour que nos puits soient propres. Ils oubliaient les mots pour dire «lumière de neige», «criquet à clochette» et «fuir dans la nuit». Ils oubliaient les paroles qu'il fallait prononcer devant l'autel dédié à nos défunts ancêtres, qui veillaient sur nous nuit et jour. Ils oubliaient comment compter. Comment prier. Ils passaient à présent leurs journées immergés dans cette nouvelle langue, dont les vingt-six lettres nous échappaient toujours alors que nous vivions en Amérique depuis des années. *Tout ce que j'ai appris, c'est la lettre* x, *pour pouvoir signer à la banque.* Ils prononçaient sans mal les «l» et les «r». Et même quand nous les envoyions étudier le japonais au temple bouddhiste le samedi ils n'apprenaient rien. *La seule raison pour laquelle il y va c'est pour échapper au travail à la boutique.* Mais quand nous les entendions parler dans leur sommeil, les mots qui sortaient de leur bouche – nous en étions certaines – étaient japonais.

Ils se sont donné de nouveaux noms que nous n'avions pas choisis et pouvions à peine prononcer. L'une s'est appelée Doris. Une autre Peggy. Beaucoup se sont baptisés George. Saburo s'est fait surnommer Chintoc par tout le monde parce qu'il avait une tête de Chinois. Toshitachi, Harlem, parce qu'il avait la peau foncée. Etsuko s'est fait appeler Esther par son professeur, Mr Slater, dès le premier jour d'école. « C'est le prénom de sa mère », a-t-elle expliqué. Ce à quoi nous avons répondu : « Tout comme le tien. » Sumire a choisi Violet. Shizuko, Sugar. Makoto, juste Mac. Shigeharu Takagi est devenu membre de l'Église méthodiste à neuf ans et a pris le nom de Paul. Edison Kobayashi était paresseux par nature mais il possédait une mémoire photographique et retenait le nom de toutes les personnes qu'il rencontrait. Grace Sugita n'aimait pas les glaces. *C'est trop froid.* Kitty Matsutaro ne s'attendait à rien et n'a rien eu en retour. Avec son mètre quatre-vingt-quinze, Mini Honda était le plus grand Japonais que nous ayons jamais vu. Touffe Yamasaki portait les cheveux longs et aimait s'habiller comme une fille. Hayashi le Gaucher était le lanceur star de l'équipe de base-ball du collège Emerson. Sam Nishimura a été envoyé à Tokyo pour y recevoir une bonne éducation japonaise, et il est rentré au bout de six ans et demi. *Ils l'ont fait tout reprendre à zéro.* Daisy Takada possédait une tenue parfaite et elle aimait répéter les choses quatre fois de suite. Le père de Mabel Ota avait fait faillite trois fois. La famille de Lester Nakano achetait tous ses vêtements aux œuvres de charité. La mère de Tommy Takayama – tout le monde le savait – était une putain. *Elle a six enfants de cinq hommes différents. Et deux d'entre eux sont des jumeaux.*

Nous les reconnaissions à peine. Ils étaient plus grands que nous, plus massifs. Bruyants au-delà de toute mesure. *Je me sens comme une cane qui a couvé les œufs d'une oie.* Ils préféraient leur propre compagnie à la nôtre et feignaient de ne pas comprendre un traître mot de ce que nous disions. Nos filles marchaient à grands pas, à l'américaine, elles se déplaçaient avec une hâte dépourvue de dignité. Elles portaient leurs vêtements trop lâches. Roulaient des hanches comme des juments. Jacassaient comme des coolies dès qu'elles rentraient de l'école en disant tout ce qui leur passait par la tête. *Mr Dempsey a l'oreille pliée.* Nos fils devenaient énormes. Ils insistaient pour manger des œufs au bacon tous les matins au petit déjeuner à la place de la soupe à la pâte de haricot. Ils refusaient d'utiliser des baguettes. Buvaient des litres et des litres de lait. Inondaient leur riz de ketchup. Ils parlaient un anglais parfait, comme à la radio, et chaque fois qu'ils nous voyaient nous incliner devant le dieu de la cuisine en frappant dans nos mains, ils roulaient des yeux et nous lançaient : « Maman, pitié ! »

Surtout, ils avaient honte de nous. De nos pauvres chapeaux de paille et de nos vêtements miteux. De notre accent prononcé. De nos mains calleuses, craquelées. De nos visages aux rides profondes, tannés par des années passées à ramasser les pêches, à tailler les vignes en plein soleil. Ils voulaient de vrais pères qui partent travailler le matin en costume-cravate et ne tondent la pelouse que le dimanche. Ils voulaient des mères différentes, meilleures, qui n'aient pas l'air aussi usées. *Tu ne peux pas mettre un peu de rouge à lèvres ?* Ils redoutaient les jours de pluie à la campagne, où nous venions les chercher à l'école dans nos vieux camions agricoles. Ils n'invitaient jamais leurs amis dans nos appartements bondés du quartier japonais. *On vit comme des mendiants.* Ils ne voulaient pas être vus en notre compagnie au temple le jour de l'anniversaire de l'empereur. Ils ne fêtaient pas avec nous chaque année la Libération des Insectes à la fin de l'été. Ils refusaient de nous donner la main pour danser dans les rues au moment du festival de l'équinoxe d'automne. Ils se moquaient de nous chaque fois que nous insistions pour que, le matin, ils commencent par s'incliner devant nous, et chaque jour qui passait semblait les arracher un peu plus à notre emprise.

Certains ont acquis un excellent vocabulaire et sont devenus premiers de la classe. Ils ont gagné des prix pour leurs dissertations sur les fleurs sauvages de Californie. Ont reçu les plus hautes distinctions en sciences. Accumulé davantage de bons points qu'aucun autre élève. Certains prenaient chaque année du retard pendant la saison des moissons et devaient redoubler. L'une est tombée enceinte à quatorze ans et on l'a envoyée vivre chez ses grands-parents qui avaient un élevage à vers à soie dans une zone reculée de l'ouest du Japon. *Chaque semaine elle m'écrit pour me demander quand elle pourra rentrer.* Une autre s'est suicidée. Plusieurs ont abandonné leurs études. Quelques-uns ont mal tourné. Formé leurs propres bandes. Avec leurs propres règles. *Pas de couteaux. Pas de filles. Chinois interdits.* Ils sortaient tard le soir pour chercher la bagarre. *Si on allait casser la gueule aux Philippins ?* Et quand ils n'avaient pas le courage de quitter le quartier, ils restaient chez eux et se battaient entre eux. *Espèce de sale Jap !* D'autres courbaient la tête en essayant de ne pas se faire remarquer. Ils n'assistaient pas aux fêtes (ils n'étaient pas invités). Ne jouaient d'aucun instrument (ils n'en possédaient pas). Ne recevaient pas de cartes de vœux (ils n'en envoyaient jamais). N'aimaient pas danser (ils n'avaient pas les bonnes chaussures). Ils erraient tels des fantômes par les couloirs, les yeux dans le vague, leurs livres serrés contre leur poitrine, comme perdus dans leurs rêves. Quand on les hélait au passage, ils n'entendaient pas. Quand on se plantait devant eux en les traitant de noms d'oiseaux, ils se contentaient de hocher la tête et de poursuivre leur chemin. Quand on leur attribuait les plus vieux livres de maths, en classe, ils haussaient les épaules avec indifférence. *De toute façon je n'ai jamais tellement aimé l'algèbre.* Quand leur photo apparaissait en dernier, dans l'album de la classe, ils feignaient de s'en moquer. *C'est comme ça*, se disaient-ils. Et puis : *Et après ?* Et puis : *Quelle importance ?* Car ils savaient bien que, quoi qu'ils fassent, jamais ils ne seraient tout à fait acceptés. *On n'est rien qu'un tas de têtes de bouddhas.*

Ils savaient quelles étaient les mères qui les acceptaient chez elles (Mrs Henke, Mrs Woodruff, Mrs Alfred Chandler III) et celles qui refusaient de les recevoir (toutes les autres). Ils savaient quels coiffeurs voulaient bien leur couper les cheveux (les Noirs) et ceux qu'il fallait éviter (les bougons du côté sud de Grove Street). Ils savaient qu'ils ne posséderaient jamais certaines choses : un nez plus relevé, un teint plus clair, des jambes plus longues qu'on remarque de loin. *Tous les matins je fais des étirements mais ça n'a pas l'air de marcher.* Ils savaient quand ils étaient autorisés à aller nager à la piscine de la YMCA – *Les lundis sont réservés aux gens de couleur* – et quand ils pouvaient aller au cinéma *Pantages Theater*, en ville (jamais). Ils savaient qu'ils devaient toujours commencer par téléphoner au restaurant. *Vous servez les Japonais ?* Ils savaient qu'il ne fallait pas sortir seuls dans la journée, et quoi faire s'ils se retrouvaient coincés dans une ruelle après la tombée de la nuit. *Dis-leur que tu connais le judo.* Et si cela ne marchait pas, ils avaient appris à utiliser leurs poings. *Ils te respectent si tu es fort.* Ils savaient se trouver des protecteurs. Ils savaient dissimuler leur colère. *Non, bien sûr. Ça ne me dérange pas. Ça va. Allez-y.* Ils savaient dissimuler leur peur. Ils savaient que certains naissent sous de meilleurs auspices que d'autres et que les choses en ce bas monde ne tournent pas toujours comme on voudrait.

Et pourtant, ils rêvaient. L'une s'était juré d'épouser un pasteur pour ne plus avoir à cueillir des fruits le dimanche. L'un voulait économiser assez d'argent pour s'acheter sa propre ferme. L'un voulait faire pousser des tomates comme son père. L'une voulait être tout sauf ça. L'un voulait planter un vignoble. L'un voulait créer son propre label. *Je l'appellerai Les Vergers Fukuda.* L'une n'en pouvait plus d'attendre pour partir du ranch. L'une voulait aller à l'université même si à sa connaissance personne n'avait jamais quitté la ville. *Je sais que c'est fou mais...* L'un adorait vivre à la campagne et désirait y rester toujours. *C'est mieux ici. Personne ne sait qui nous sommes.* L'une voulait plus, mais sans savoir quoi exactement. *Ça, ça ne me suffit pas.* L'un voulait une batterie Swing King avec un charleston. L'une voulait un poney moucheté. L'un voulait suivre son propre itinéraire lorsqu'il distribuait les journaux. L'une voulait sa chambre à elle, avec un verrou sur la porte. *Tous ceux qui entreraient devraient d'abord frapper.* L'un voulait devenir artiste et aller vivre dans une mansarde à Paris. L'une voulait étudier la réfrigération. *On peut prendre des cours par correspondance.* L'un voulait construire des ponts. L'une voulait jouer du piano. L'un voulait avoir son propre étal de fruits au bord de la route, au lieu de travailler pour quelqu'un d'autre. L'une voulait entrer à la Merritt Secretarial Academy et trouver un emploi dans un bureau. *Alors je serais arrivée.* L'un voulait être le nouveau Great Togo et participer aux tournois de catch professionnel. L'un voulait être sénateur d'État. L'une voulait être coiffeuse et ouvrir son salon. L'une avait eu la polio et voulait juste respirer sans son poumon d'acier. L'une voulait être couturière diplômée. L'un voulait être professeur. L'une voulait être médecin. L'un voulait être sa sœur. L'un voulait être gangster. L'une voulait être une star. Et nous avions beau voir s'accumuler les nuages à l'horizon, nous n'en disions mot pour les laisser rêver.

TRAÎTRES

Les rumeurs ont commencé à nous parvenir dès le deuxième jour de la guerre.

On parlait d'une liste. De gens enlevés au milieu de la nuit. D'un banquier parti pour son bureau et qui n'en était jamais revenu. D'un barbier disparu pendant sa pause déjeuner. De quelques pêcheurs manquant à l'appel. Ici et là, d'une pension où les forces de l'ordre avaient fait une descente. D'un commerce saisi. D'un journal fermé. Mais tout cela se passait ailleurs. Dans des vallées reculées, des bourgades éloignées. À la ville, où les filles portent des talons hauts, du rouge à lèvres, et dansent toute la nuit. « Rien à voir avec nous », disions-nous. Nous demeurions des femmes simples qui vivaient tranquillement et restaiens entre elles. Nos maris n'auraient rien à craindre.

Pendant plusieurs jours nous sommes restés chez nous, volets clos, à écouter les nouvelles de la guerre à la radio.

Nous avions effacé nos noms des boîtes aux lettres. Retiré les souliers posés devant nos portes. Nous n'envoyions plus nos enfants à l'école. La nuit nous tirions les verrous et parlions à voix basse. Nous fermions bien les fenêtres. Nos maris buvaient plus que d'habitude et s'écroulaient tôt dans leur lit. Nos chiens s'endormaient à nos pieds. Aucun homme ne venait frapper à notre porte.

Avec prudence nous avons recommencé à sortir de chez nous. On était en décembre, nos filles aînées étaient parties travailler comme bonnes dans des villes lointaines et les jours s'écoulaient dans le calme et le silence. L'obscurité tombait tôt. À la campagne nous nous levions chaque matin avant l'aube et sortions tailler les vignes. Nous arrachions les carottes de la terre froide et humide. Nous coupions le céleri. Les bouquets de brocolis. Nous creusions de profonds sillons dans le sol afin de retenir l'eau de pluie. Les faucons erraient à travers les rangées d'amandiers et, au crépuscule, nous entendions les coyotes s'appeler les uns les autres dans les collines. Dans le quartier japonais nous nous rassemblions tous les soirs dans les cuisines des unes ou des autres pour échanger les dernières informations. Peut-être y avait-il eu des raids dans le comté voisin. Un village encerclé à la tombée de la nuit. Une douzaine de maisons fouillées. Des lignes téléphoniques coupées. Des bureaux renversés. Des documents confisqués. Quelques hommes rayés des listes. « Prenez votre dentifrice », leur disait-on et c'était tout, on n'entendait plus jamais parler d'eux.

On disait que les hommes étaient mis dans des trains et qu'on les envoyait au loin, dans les montagnes, dans les régions les plus froides du pays. On disait qu'ils collaboraient avec l'ennemi et seraient expulsés dans les jours à venir. On disait qu'ils avaient été fusillés. Beaucoup des nôtres considéraient les rumeurs comme des rumeurs, pourtant nous nous surprenions à les propager malgré nous – de façon hystérique, sans réfléchir, contre notre volonté. D'autres refusaient de parler des disparus le jour, et la nuit ils revenaient hanter leurs songes. Quelques-unes parmi nous rêvaient d'être les disparus. L'une des nôtres – Chizuko, qui dirigeait la cuisine au ranch Kearney et préparait toujours tout à l'avance – avait fait une petite valise pour son mari, qu'elle laissait posée près de la porte d'entrée. Dedans, une brosse à dents, de quoi se raser, un savon, une tablette de chocolat – *son préféré* – et des vêtements de rechange. Elle savait qu'il aurait besoin de tout cela si son nom apparaissait sur la prochaine liste. Toujours, pourtant, elle éprouvait cette crainte vague, mais qui la démangeait, d'avoir omis quelque chose, un petit article crucial qui, à une date inconnue dans l'avenir, devant un tribunal inconnu, servirait à prouver de manière incontestable l'innocence de son époux. Mais, se demandait-elle, de quoi pouvait-il bien s'agir ? D'une bible ? Une paire de lunettes ? Un savon différent ? Plus parfumé ? Plus viril ? *On dit qu'un prêtre shinto a été arrêté dans la vallée parce qu'il possédait une flûte d'enfant en bambou.*

Que savions-nous exactement de cette liste ? On l'avait établie à la hâte, au matin de l'attaque. On l'avait établie plus d'un an auparavant. Dix ans auparavant. Elle se divisait en trois catégories : « connu pour être dangereux » (catégorie A), « potentiellement dangereux » (catégorie B), « opinion favorable à l'ennemi » (catégorie C). Il était presque impossible que votre nom soit sur la liste. Il était très probable que votre nom soit sur la liste. Seuls les gens de notre race s'y trouvaient. Il y avait des Allemands et des Italiens sur la liste, mais leurs noms n'apparaissaient que vers le bas. La liste était écrite à l'encre rouge indélébile. La liste était tapée à la machine sur des fiches. La liste n'existait pas. La liste existait seulement dans la tête du directeur des services des renseignements militaires, qui comme chacun sait possédait une mémoire infaillible. La liste était le produit de notre imagination. La liste contenait cinq cents noms. La liste contenait plus de cinq mille noms. La liste était sans fin. À chaque arrestation, un nom était rayé de la liste. À chaque fois qu'un nom était rayé de la liste, un autre y était ajouté. De nouveaux noms étaient ajoutés chaque jour. Chaque semaine. Chaque heure.

Quelques-unes parmi nous ont commencé à recevoir des lettres anonymes les informant que leurs maris étaient les prochains. *Si j'étais vous j'envisagerais de quitter la ville.* D'autres racontaient que leurs maris avaient été menacés par des ouvriers philippins dans les champs. *Ils sont venus vers lui armés de leurs couteaux de travail.* Hitomi, qui était la gardienne du domaine des Princes depuis plus de dix ans, s'est fait braquer en plein jour avec une arme à feu alors qu'elle retournait en ville. Mitsuko est sortie un soir avant le dîner pour chercher des œufs au poulailler et elle a vu son linge brûler sur les fils. Et nous savions que ce n'était qu'un début.

Du jour au lendemain, nos voisins se sont mis à nous regarder différemment. Peut-être était-ce la petite fille un peu plus loin sur la route qui ne nous faisait plus signe depuis la fenêtre de la ferme. Ou ce vieux client qui soudain disparaissait de notre restaurant, de notre boutique. Ou bien notre patronne, Mrs Trimble, qui nous prenait à part un matin où nous passions la serpillière dans la cuisine, pour nous murmurer à l'oreille : «Vous saviez que la guerre allait éclater ?» Les dames comme il faut et leur club boycottaient nos étals de fruits car ils redoutaient que notre marchandise soit empoisonnée à l'arsenic. Les compagnies d'assurances cessaient de nous assurer. Les banques gelaient nos comptes. Les laitiers ne nous livraient plus. «Ordre de la compagnie», nous a expliqué l'un d'entre eux, les larmes aux yeux. Les enfants nous regardaient, puis s'enfuyaient comme des faons effrayés. Des petites vieilles serrant leur sac à main s'arrêtaient sur le trottoir en voyant nos maris et s'écriaient : «Ils sont là !» Et nos maris avaient beau nous avoir prévenues malgré tout – *Ils ont peur* –, nous n'étions pas préparées à cela. À nous retrouver soudain à la place de l'ennemi.

Tout ça était dû, bien sûr, aux histoires que rapportaient les journaux. Ils disaient que nos hommes étaient passés à l'action par milliers avec une précision d'horloger à l'instant où l'attaque de l'île avait débuté. Ils disaient que nous avions bloqué les routes avec nos camions délabrés et nos vieux tacots. Que nous envoyions des signaux aux avions ennemis depuis nos champs. Que la semaine précédant l'attaque, plusieurs de nos enfants avaient crânement annoncé à leurs camarades que «quelque chose d'énorme» allait se produire. Que ces mêmes enfants, interrogés par leurs professeurs, avaient raconté que leurs parents avaient fait la fête pendant des jours après l'annonce de l'attaque. *Ils criaient «banzaï».* Qu'en cas d'assaut contre le continent, tous ceux dont le nom apparaissait sur la liste étaient susceptibles de se ranger au côté de l'ennemi. Que nos ouvriers agricoles étaient les fantassins d'une vaste armée souterraine. *Ils ont des milliers d'armes cachées dans leurs remises à légumes.* Que nous, les domestiques, nous étions des agents de renseignements infiltrés. Que nous, les jardiniers, nous cachions des radio-transmetteurs à ondes courtes dans nos tuyaux d'arrosage et qu'à l'heure H, heure du Pacifique, nous passerions à l'action. Des barrages sauteraient. Des puits de pétrole seraient incendiés. Des ponts s'écrouleraient. Des routes seraient détruites. Des tunnels bloqués. Des réservoirs empoisonnés. Et qu'est-ce qui empêchait l'un des nôtres de se rendre sur un marché bondé avec une ceinture de dynamite ? *Rien.*

Chaque soir au crépuscule, nous brûlions nos affaires : de vieux relevés bancaires et journaux intimes, l'autel bouddhiste de la famille, des baguettes en bois, des lanternes de papier, des photographies de nos parents, l'air sérieux, au village, avec leurs étranges vêtements de paysans. *J'ai regardé le visage de mon frère se transformer en cendres et monter au ciel.* Nous avons mis le feu à nos kimonos de mariage en soie blanche, au-dehors, dans notre verger, parmi les sillons entre les pommiers. Nous avons versé de l'essence sur nos poupées de cérémonie dans des poubelles de métal au fond des ruelles du quartier japonais. Nous nous sommes débarassées de tout ce qui pouvait suggérer que nos maris entretenaient des liens avec l'ennemi. Des lettres de nos sœurs. *Le fils du voisin, à l'est, est parti avec la femme du fabriquant de parapluies.* Des lettres de nos pères. *Le chemin de fer a été électrifié, donc à présent, quand tu passes sous un tunnel, tu n'as plus le visage maculé de suie !* Des lettres de nos mères écrites le jour de notre départ. *Je vois encore l'empreinte de tes pas dans la boue près de la rivière.* Et nous nous sommes demandé pourquoi nous avions si longtemps tenu à conserver ce mode de vie étranger. *Nous leur avons inspiré la haine.*

Les nuits s'allongeaient, se faisaient plus froides, et chaque jour nous apprenions que d'autres hommes avaient été enlevés. Un revendeur de légumes dans le Sud. Un moniteur de judo. Un importateur de soie. Un employé d'une compagnie maritime, en ville, qui retournait à son bureau après un déjeuner tardif. *Appréhendé à un carrefour alors qu'il attendait le feu vert pour traverser.* Un producteur d'oignons dans le delta, soupçonné de comploter pour faire sauter les digues. *Ils ont trouvé un baril de poudre dans sa grange.* Un agent de voyages. Un professeur de langues. Un paysan qui cultivait des laitues sur la côte a été accusé d'utiliser sa lampe torche pour envoyer des signaux aux navires ennemis au large.

L'époux de Chiyomi s'est mis à dormir tout habillé, afin d'être prêt pour la nuit fatidique. Parce que la plus grande honte pour lui, disait-il, serait d'être arrêté en pyjama (le mari d'Eiko avait été arrêté en pyjama). L'époux d'Asako était obsédé par ses souliers. *Il les cire tous les soirs jusqu'à ce qu'ils brillent puis il les aligne au pied du lit.* Celui de Yuriko, voyageur de commerce qui vendait des engrais, et qui s'était montré très peu fidèle au fil des années, ne parvenait plus à s'endormir sans sa femme à ses côtés. « C'est un peu tard, disait-elle, mais que voulez-vous ? Quand on se marie, c'est pour la vie. » Le mari de Hatsumi murmurait une courte prière au Bouddha tous les soirs avant de se mettre au lit. Certains jours il priait même Jésus, parce qu'on ne sait jamais, si c'était lui le seul vrai Dieu? L'époux de Mariko souffrait de cauchemars. Il faisait noir et les rues avaient disparu. Le niveau de la mer montait. Le ciel s'effondrait. Il était prisonnier d'une île. Il était perdu dans le désert. Il avait égaré son portefeuille et il était en retard pour attraper son train. Il avait vu sa femme au beau milieu d'une foule, l'avait appelée, mais elle ne s'était pas retournée. *Tout ce que cet homme m'a jamais apporté, c'est du tourment.*

Les premières pluies violentes ont emporté les dernières feuilles des arbres et les jours ont très vite perdu leur chaleur. Les ombres lentement croissaient. Nos enfants les plus jeunes allaient à l'école chaque matin et rentraient avec des anecdotes. Une fille avait avalé un penny à la récréation et elle avait failli en mourir. Mr Barnett essayait de faire repousser sa moustache. Mrs Trachtenberg était de mauvaise humeur. *Elle a ses règles.* Nous passions de longues journées dans les vergers avec nos fils aînés et nos maris à couper des brindilles, tailler des branches, sectionner les parties mortes qui ne porteraient plus de fruits à l'été ou l'automne. Nous faisions la cuisine et le ménage dans les banlieues chez des familles pour qui nous travaillions depuis des années. Nous faisions ce que nous avions toujours fait, mais rien n'était plus pareil. «Le moindre bruit m'effraie à présent, disait Onatsu. Lorsqu'on frappe à la porte. Que le téléphone sonne. Qu'un chien aboie. Je tends l'oreille pour écouter les pas des gens.» Et chaque fois qu'une voiture inconnue arrivait dans le voisinage, son cœur battait à tout rompre, car elle était sûre que l'heure avait sonné pour son mari. Parfois, dans les pires moments de confusion, elle imaginait que les choses s'étaient déjà produites, que son époux n'était plus là et, elle devait l'admettre, elle en éprouvait presque du soulagement, car c'est l'attente qui s'avérait le plus difficile.

Pendant trois jours un vent froid a soufflé des montagnes sans s'arrêter. Des nuages de poussière s'élevaient au-dessus des champs et les branches nues des arbres tentaient de lacérer le ciel gris et vide. Des pierres tombales étaient renversées dans nos cimetières. Les portes des granges s'ouvraient toutes seules. Les toits en zinc crépitaient. Nos chiens préférés s'enfuyaient. Un blanchisseur chinois a été retrouvé assommé, en sang, au bord de l'eau, laissé pour mort. *Ils l'ont pris pour un des nôtres*. Une étable a été incendiée dans une vallée lointaine, dans les terres, et la puanteur des carcasses d'animaux morts a flotté dans les airs des jours durant.

Le soir nous nous asseyions dans nos cuisines avec nos maris penchés sur le journal du jour, dont ils scrutaient chaque ligne, chaque mot, à la recherche d'une information éclairant notre sort. Nous discutions des dernières rumeurs. *J'ai entendu qu'on nous emmenait dans des camps de travail pour produire de quoi nourrir les troupes.* Nous allumions la radio afin d'entendre les nouvelles du front. Bien sûr, elles n'étaient pas bonnes. L'ennemi avait coulé six de nos navires insubmersibles. On avait aperçu ses avions qui faisaient des percées tests dans notre espace aérien. Les sous-marins ennemis s'approchaient de plus en plus de nos côtes. L'ennemi planifiait une attaque combinée sur le rivage et dans les terres, et tous les citoyens devaient rester aux aguets pour informer les autorités de la présence de membres de la cinquième colonne qui pourraient s'être introduits parmi nous. Car n'importe qui, nous rappelait-on, pouvait être un espion. Votre majordome, votre jardinier, votre fleuriste, votre bonne.

À trois heures du matin l'un de nos plus éminents cultivateurs de fruits rouges a été tiré de son lit et emmené sous escorte. C'était le premier parmi nos connaissances à partir ainsi. *Ils ne s'en prennent qu'aux riches fermiers*, disaient les gens. Le lendemain soir un ouvrier agricole qui travaillait au ranch Spring et vivait dans les parages a été cueilli dans son bleu de travail boueux tandis qu'il promenait son chien près de la citerne, on l'a interrogé pendant trois jours et trois nuits dans une pièce à l'éclairage violent, dépourvue de fenêtre, puis on lui a annoncé qu'il pouvait rentrer chez lui. Mais quand son épouse est venue le chercher au commissariat, il ne savait plus qui elle était. *Il m'a prise pour un imposteur qui essayait de le faire parler.* Le lendemain, trois femmes d'une bourgade voisine, que nous connaissions, nous ont appris que leurs maris aussi étaient sur la liste. « Ils l'ont fait monter dans une voiture, nous a dit l'une d'elles, et il a disparu. » Deux jours plus tard, l'un de nos concurrents – le seul autre producteur de la vallée dont le raisin était à moitié aussi parfumé que le nôtre – a été menotté à une chaise dans sa cuisine et il est resté ainsi pendant quatre heures tandis que trois hommes fouillaient sa demeure, ensuite on l'a détaché. Sa femme, disaient les gens, avait servi à ces hommes du café et de la tarte. Et nous voulions toutes savoir : quel genre de tarte ? Aux fraises ? À la rhubarbe ? Au citron meringuée ? Et comment les hommes buvaient-ils leur café ? Avec ou sans sucre ?

Certaines nuits, nos maris restaient des heures à se projeter leur passé dans leur tête, à la recherche du détail certifiant que leur nom à eux aussi pouvait figurer sur la liste. Ils avaient sûrement dit ou fait quelque chose, ils avaient sûrement commis une erreur, ils devaient bien être coupables de quelque chose, d'un crime obscur peut-être, dont ils n'avaient même pas conscience ? Mais de quoi pouvait-il bien s'agir ? nous demandaient-ils. Était-ce ce toast à notre patrie qu'ils avaient porté au pique-nique d'été, l'an dernier ? Ou une remarque éventuelle sur le dernier discours en date du président ? *Il nous a traités de gangsters, tous.* Ou avaient-ils donné à la mauvaise œuvre de charité – qui entretiendrait avec l'ennemi des liens clandestins dont ils ignoraient tout ? Était-ce possible ? Ou quelqu'un – qui leur en voulait, sans aucun doute – avait-il fait une dénonciation calomnieuse auprès des autorités ? Un de nos clients du *Capitol Laundry*, peut-être, avec qui nous nous étions montrés revêches sans raison ? (Alors, tout était-il entièrement de notre faute à nous ?) Ou un voisin mécontent car notre chien avait fait ses besoins parmi ses fleurs une fois de trop ? Auraient-ils dû se montrer plus amicaux ? se demandaient-ils. Ou bien leur culpabilité était-elle inscrite sur leur visage, visible aux yeux de tous ? Était-ce leur faciès, en fait, qui les rendait coupables ? Parce qu'il ne plaisait pas à tout le monde ? Ou pire, parce qu'il en offensait certains ?

En janvier, on nous a donné l'ordre d'aller nous inscrire auprès des autorités et de remettre à la police locale toutes les marchandises de contrebande : armes à feu, bombes, dynamite, appareils photo, jumelles, couteaux de plus de quinze centimètres, et de signaler la possession d'objets tels que les lampes torches, fusées éclairantes, et tout ce qui aurait pu servir à l'ennemi en cas d'attaque. Puis sont arrivées les interdictions de circuler – aucun membre de nos familles n'était autorisé à s'éloigner de plus de huit kilomètres de chez lui –, le couvre-feu à huit heures du soir, et même si la plupart d'entre nous n'étaient pas des oiseaux de nuit, pour la première fois, nous regrettions de ne pouvoir sortir nous promener à minuit. *Juste une fois, avec mon mari, au milieu des amandiers, pour voir ce que cela fait.* Et lorsque à deux heures du matin nous regardions par la fenêtre et découvrions nos voisins et amis en train de piller nos granges, nous n'osions même pas mettre un pied dehors de crainte qu'à notre tour on ne nous dénonce à la police. Car un simple coup de fil suffisait, on le savait, pour que votre nom atterrisse sur la liste. Et quand nos fils aînés ont commencé à passer la nuit dehors, en ville, le samedi soir, nous ne leur demandions pas où ils étaient quand ils rentraient à la maison tard le lendemain matin, ni avec qui, ni combien elle leur avait coûté, ni pourquoi ils portaient des badges *Je suis chinois*, accrochés au col de leur chemise. « Qu'ils s'amusent tant qu'ils le peuvent », nous disaient nos maris. Alors nous souhaitions poliment le bonjour à nos fils dans la cuisine – *Œufs ou café ?* – et vaquions à nos occupations.

« Quand je serai parti », commençaient nos maris. Nous répondions : « Si. » Ils disaient : « N'oublie pas de donner un pourboire au livreur de glace » ; et puis : « Salue toujours les clients par leur nom quand ils entrent. » Ils nous ont expliqué où trouver l'acte de naissance de nos enfants, et quand demander à Pete, au garage, de changer les roues du camion. « Si tu manques d'argent, nous ont-ils dit, vends le tracteur. » « Vends la serre. » « Vends la marchandise du magasin. » Ils nous rappelaient de ne pas relâcher notre posture – *les épaules en arrière* – et de veiller à ce que les enfants mènent à bien leurs tâches quotidiennes. Ils disaient : «Reste en contact avec Mr Hauer de l'Association des producteurs de fruits rouges. Il est utile de le connaître, il est susceptible de t'aider.» Ils disaient : «Ne crois pas ce que tu entendras à mon sujet.» Et puis : «Ne fais confiance à personne.» Et puis : «Ne dis rien aux voisins.» Et puis : «Ne t'inquiète pas pour les souris dans le plafond. Je m'en occuperai à mon retour à la maison.» Ils nous rappelaient de toujours avoir sur nous notre carte d'identité d'étrangères quand nous sortions et d'éviter les discussions au sujet de la guerre. Si jamais on nous demandait quand même ce que nous en pensions, nous devions dénoncer avec force l'attaque menée contre notre pays d'une voix qui ne laissait aucun doute possible. «Ne présente pas d'excuses», nous disaient-ils. «Ne parle qu'anglais.» «Cesse de vouloir t'incliner.»

Dans les journaux et à la radio, on commençait à parler de déportation de masse. *Audiences prévues sur l'immigration et la défense nationale. Le gouverneur incite le président à faire évacuer tous les étrangers ennemis de la côte. Qu'on les renvoie chez eux!* Tout se passerait de manière progressive, disait-on, sur une période de plusieurs semaines, si ce n'est de mois. Aucun d'entre nous ne serait expulsé avec brutalité. Nous serions envoyés au loin, dans un lieu que nous choisirions, dans les profondeurs intérieures du territoire où nous ne pourrions faire de mal à personne. Nous serions maintenus dans un centre de rétention jusqu'à la fin des hostilités. Seuls ceux qui habitaient dans une zone allant jusqu'à cent cinquante kilomètres des côtes seraient envoyés là-bas. Seuls ceux qui étaient sur la liste seraient envoyés là-bas. Seuls ceux qui n'avaient pas la nationalité américaine seraient envoyés là-bas. Nos enfants adultes seraient autorisés à rester sur place pour veiller sur nos commerces et sur nos fermes. Nos commerces et nos fermes seraient saisis et mis aux enchères. *Autant tout liquider maintenant.* Nous serions séparés de nos petits. Nous serions rendus stériles et déportés le plus tôt possible.

Nous essayions d'entretenir des pensées positives. Si nous finissions notre repassage avant minuit le nom de notre époux serait retiré de la liste. Si nous achetions pour dix dollars d'emprunts de guerre, nos enfants seraient épargnés. Si nous chantions *The Hemp Winding Song* jusqu'au bout sans faire la moindre erreur alors il n'y aurait plus de liste, ni de lessives, ni d'emprunts de guerre, ni même de guerre. Souvent pourtant, à la fin de la journée, nous nous sentions mal à l'aise, comme si nous avions oublié de faire quelque chose. Avions-nous bien fermé les vannes de l'écluse ? Avions-nous bien éteint le poêle ? Nourri les poulets ? Nourri nos enfants ? Avions-nous bien tapé trois fois sur le bois de lit ?

En février, les jours ont commencé à se radoucir et les premiers pavots ont éclos, éclats d'orange vif dans les collines. Nos effectifs s'amenuisaient à mesure. Le mari de Mineko n'était plus là. Le mari de Takeko n'était plus là. Ni celui de Mitsue. *On a trouvé une balle dans la terre derrière la cabane à bois.* Le mari d'Omiyo a été pris sur la route parce que le couvre-feu était en vigueur depuis cinq minutes. Le mari d'Hanayo a été arrêté à sa propre table pour des raisons inconnues. « La pire chose qu'il ait jamais faite, c'est d'avoir une contravention parce qu'il était mal garé », a-t-elle dit. Et le mari de Shimako, qui conduisait un camion pour la compagnie *United Fruit*, et que personne n'avait jamais entendu prononcer un mot, a été appréhendé au rayon des produits laitiers de l'épicerie locale, parce que c'était un agent de renseignements auprès du haut commandement ennemi. «Je le savais depuis le début», a dit quelqu'un. Un d'autre a répliqué : «La prochaine fois ce sera peut-être toi.»

Le plus dur, nous disait Chizuko, c'était de ne pas savoir où il se trouvait. La première nuit suivant l'arrestation de son mari, elle s'était réveillée en proie à la panique, incapable de se souvenir pourquoi elle était seule. Elle avait tendu la main, senti le lit vide à son côté, alors elle avait pensé : *Je suis assoupie et c'est un cauchemar*, mais ce n'en était pas un, c'était la réalité. Pourtant elle s'était malgré tout levée et avait erré à travers la maison en appelant son époux, en le cherchant dans les placards, sous les lits. *On ne sait jamais*. Et quand elle avait vu sa valise toujours près de la porte d'entrée, elle y avait pris la tablette de chocolat et s'était mise à la manger, lentement. «Il l'a oubliée», disait-elle. Yumiko avait vu son mari deux fois en rêve et il lui avait affirmé qu'il allait bien. C'était pour la chienne qu'elle était la plus inquiète, disait-elle. «Elle reste allongée pendant des heures sur ses pantoufles et elle grogne quand je veux m'asseoir sur sa chaise à lui.» Fusako nous a avoué que chaque fois qu'elle apprenait l'arrestation de l'époux d'une autre, au fond d'elle-même elle se sentait soulagée. «Vous savez : "Mieux vaut que ça tombe sur elle que sur moi."» Et puis, bien sûr, elle avait honte. Kanuko a admis qu'il ne lui manquait pas du tout. «Il me faisait travailler comme un homme et ne cessait de me mettre enceinte.» D'après ce qu'elle savait, disait Kyoko, le nom de son mari ne figurait pas sur la liste. «C'est un homme de serres. Il aime les fleurs. Il n'a rien de subversif.» Nobuko répondait : «Oui, mais on ne sait jamais.» Nous autres retenions notre souffle en attendant de voir ce qui allait se passer.

Nous étions à présent plus proches de nos maris que jamais. Nous leur donnions les meilleurs morceaux de viande au dîner. Faisions semblant de ne pas voir les miettes qu'ils laissaient. Nettoyions leurs empreintes boueuses par terre sans faire de commentaire. Le soir, nous ne nous détournions pas d'eux au lit. Et lorsqu'ils nous hurlaient dessus parce que nous n'avions pas préparé leur bain à leur stricte convenance, ou montraient de l'impatience et nous lançaient des choses désagréables – *Au bout de vingt ans en Amérique, tout ce que tu sais dire, c'est «Harro»?* –, nous tenions notre langue et essayions de ne pas nous mettre en colère, en effet qu'arriverait-il si nous nous réveillions le lendemain matin et qu'ils n'étaient plus là? Comment nourririons-nous les enfants? Comment paierions-nous le loyer? *Satoko a dû vendre tous ses meubles.* Qui irait allumer les feux de jardin au beau milieu de la nuit pour protéger les arbres fruitiers d'une gelée printanière intempestive? Qui réparerait la barre de remorquage du tracteur? Qui mélangerait l'engrais? Qui affûterait le soc de la charrue? Qui nous apaiserait quand quelqu'un se serait montré grossier envers nous au marché, ou nous aurait agonies de noms peu flatteurs dans la rue? Qui nous saisirait par les bras en nous secouant lorsque nous taperions du pied en disant que la coupe était pleine, que nous les quittions et que nous allions embarquer sur le prochain bateau nous ramenant chez nous? *La seule raison pour laquelle tu t'es marié, c'était pour avoir de l'aide à la ferme.*

Nous soupçonnions de plus en plus la présence d'informateurs dans nos rangs. Le mari de Teruko, murmurait-on, avait dénoncé un contremaître de l'usine de pommes séchées parce qu'elle avait eu une liaison avec lui. L'époux de Fumino avait été accusé d'être favorable à l'ennemi par un ancien partenaire commercial qui avait désespérément besoin d'argent. (Les informateurs, disait-on, étaient payés vingt-cinq dollars par tête.) Le mari de Kuniko avait été dénoncé comme membre de la Société du dragon noir par Kuniko en personne. *Il s'apprêtait à me quitter pour sa maîtresse.* Et l'époux de Ruriko ? Coréen, déclaraient ses voisins. Travaillant sous une fausse identité. Payé par le gouvernement pour avoir à l'œil les membres du temple bouddhiste local. *Je l'ai vu écrire des numéros de plaques d'immatriculation sur le parking.* Quelques jours plus tard, on l'a retrouvé roué de coups dans un fossé au bord de la route, et le lendemain matin sa famille et lui n'étaient nulle part. La porte de leur maison était grande ouverte, leurs chats avaient été nourris, de l'eau bouillait encore sur le poêle. Et voilà tout, ils étaient partis. Des bribes d'informations concernant leurs faits et gestes ont commencé à nous arriver au bout de quelques jours. *Ils sont descendus vers le sud, près de la frontière. Ils ont fui dans l'État voisin. Ils vivent dans une belle demeure en ville, possèdent une voiture toute neuve et n'ont en apparence aucun moyen de subsistance.*

Le printemps est arrivé. Dans les vergers les amandiers perdaient leurs derniers pétales et les cerisiers s'épanouissaient. Le soleil dardait parmi les branches des orangers. Les moineaux frémissaient dans l'herbe. Chaque jour disparaissaient quelques-uns de nos hommes.

Nous essayions de nous occuper et de nous contenter de menues satisfactions. Un signe amical de la part d'un voisin. Un bol de riz chaud. Une facture réglée en temps et en heure. Un enfant couché, bien en sécurité. Nous nous réveillions très tôt chaque matin, enfilions nos vêtements de travail et allions labourer, planter, sarcler. Nous arrachions les mauvaises herbes parmi nos vignes. Nous irriguions nos courges et nos petits pois. Une fois par semaine, le vendredi, nous relevions nos cheveux et nous allions au bourg faire des courses, mais nous ne nous arrêtions plus pour nous saluer les unes les autres quand nous nous croisions dans la rue. *Ils vont croire qu'on échange des informations secrètes.* Nous nous rendions rarement visite le soir dans le quartier japonais à cause du couvre-feu. Nous ne nous attardions pas après l'office à l'église. *À présent, chaque fois que je m'adresse à quelqu'un, je me demande : « Cette personne va-t-elle me trahir ? »* Devant nos jeunes enfants, nous prenions garde à ce que nous disions. *Le mari de Chicko a été dénoncé comme espion par son fils de huit ans.* Certaines des nôtres commençaient même à se poser des questions sur leurs propres maris : *A-t-il une identité secrète que je ne soupçonne pas ?*

Bientôt nous sont parvenues des rumeurs selon lesquelles des communautés entières étaient emmenées. Plus de quatre-vingt-dix pour cent des hommes avaient été arrêtés dans un village de producteurs de laitues d'une vallée au nord. Plus de cent de nos hommes avaient été arrêtés dans le périmètre de défense autour des terrains d'aviation. Sur la côte sud, dans un petit village de pêcheurs aux cabanes de fortune, tous les gens d'ascendance japonaise avaient été rassemblés en un jour et une nuit sans avertissement, suite à la publication d'un mandat d'arrestation de masse. Leurs journaux de bord avaient été confisqués, leurs chalutiers placés sous surveillance, leurs filets coupés en morceaux et jetés à la mer. Parce que ces pêcheurs, disait-on, n'en étaient pas vraiment, c'étaient en réalité des agents secrets au service de la marine impériale ennemie. *On a trouvé leurs uniformes emballés dans du papier huilé tout au fond de leurs boîtes à appâts.*

Certaines d'entre nous ont commencé à sortir acheter des sacs de couchage et des valises pour les enfants, juste au cas où ce serait notre tour ensuite. D'autres ont continué à travailler comme d'habitude en essayant de rester calmes. *Encore un peu d'amidon sur ce col et il sera parfait, vous ne trouvez pas ?* Ce qui arriverait arriverait, nous disions-nous, inutile de tenter les dieux. L'une des nôtres a cessé de parler. Une autre est sortie tôt un matin pour abreuver ses chevaux et s'est pendue dans l'écurie. Fubuki était en proie à une telle anxiété que, quand l'ordre d'évacuation est arrivé, elle a poussé un soupir de soulagement, car enfin l'attente se terminait. Teiko a contemplé l'affiche, incrédule, et a doucement secoué la tête. « Et nos fraises ? a-t-elle fait. Elles seront bonnes à récolter dans trois semaines. » Machiko a décrété qu'elle n'irait pas, ce n'était pas plus compliqué que ça. « Nous venons juste de renouveler notre bail pour le restaurant. » Umeko a rétorqué que nous n'avions pas le choix, qu'il fallait faire ce qu'on nous disait. « Ce sont les ordres du président. » Et qui étions-nous pour contester les ordres du président ? « De quelle nature sera le sol là-bas ? » voulait savoir le mari de Takiko. « De combien de jours d'ensoleillement bénéficierons-nous ? Et combien de jours de pluie ? » Kiko s'est contentée de croiser les mains et regarder ses pieds. «Tout est fini», a-t-elle conclu doucement. Au moins, a ajouté Haruyo, nous partirions tous ensemble. Hisako a commenté : «Oui, mais qu'avons-nous fait?» Isino a pris son visage dans ses mains pour pleurer. «J'aurais dû divorcer il y a des années et repartir avec les enfants chez ma mère au Japon.»

D'abord ils nous ont annoncé que nous serions envoyés dans les montagnes, aussi fallait-il s'habiller chaudement, car il ferait très très froid. Donc nous sommes allés acheter des caleçons longs en laine et nos premiers vrais manteaux d'hiver. Ensuite nous avons entendu raconter que nous irions dans le désert, où il y avait des serpents noirs venimeux et des moustiques aussi gros que des petits oiseaux. Il n'y avait pas de médecins là-bas, disait-on, et l'endroit grouillait de voleurs. Alors nous sommes allés acheter des cadenas et des fioles de vitamines pour nos enfants, des boîtes de pansements, des bâtonnets de moxa, des emplâtres, de l'huile de castor, de l'iode, de l'aspirine, de la gaze. Nous avons entendu dire qu'on pouvait seulement emporter un bagage par personne, alors nous avons cousu de petits sacs à dos en tissu pour nos plus jeunes enfants, avec leur nom brodé dessus. Dedans, nous avons rangé des crayons et des carnets, des brosses à dents, des chandails, des sachets de papier kraft remplis de riz que nous avions laissé sécher au soleil sur des plateaux en fer-blanc. *Au cas où nous serions séparés.* «Tout ça, c'est provisoire», leur expliquions-nous. Nous ajoutions qu'ils ne devaient pas s'inquiéter. Nous parlions de ce que nous ferions en revenant à la maison. Nous dînerions tous les soirs devant la radio. Nous les emmènerions au cinéma en ville. Nous nous rendrions au cirque lorsqu'il passerait pour voir les frères siamois et la femme avec la plus petite tête au monde. *Pas plus grosse qu'une prune!*

Des bourgeons vert pâle apparaissaient sur les vignes, et à travers la vallée les pêchers fleurissaient sous des ciels d'azur. Des nuées de moutarde sauvage jaune vif s'épanouissaient à travers les canyons. Les alouettes descendaient des collines. Et l'un après l'autre, dans les bourgades et les cités lointaines, nos fils et filles aînés abandonnaient leurs emplois, leurs études, et commençaient à rentrer à la maison. Ils nous aidaient à trouver des personnes pour reprendre nos blanchisseries dans le quartier japonais. De nouveaux gérants pour nos restaurants. Ils nous aidaient à mettre des écriteaux dans nos boutiques. *Achetez maintenant! Faites des économies! Tout doit disparaître!* À la campagne, ils enfilaient leur bleu de travail et nous aidaient à préparer les moissons une dernière fois, car nous avions reçu l'ordre de continuer à veiller sur nos récoltes jusqu'à la fin. C'était là notre contribution à l'effort de guerre, nous disait-on. L'opportunité pour nous de prouver notre loyauté. En fournissant des fruits et légumes frais aux soldats du front.

Les brocanteurs conduisaient lentement dans les ruelles étroites de nos quartiers, ils nous offraient de racheter nos affaires. Dix dollars pour un poêle neuf que nous avions payé deux cents l'année précédente. Cinq dollars pour un réfrigérateur. Dix cents pour une lampe. Des voisins avec qui nous n'avions jamais échangé un mot nous abordaient dans les champs pour nous demander s'il y avait des choses dont nous souhaitions nous débarrasser. Ce motoculteur par exemple ? Cette herse ? Ce cheval de trait ? Cette charrue ? Ce rosier Queen Anne devant la maison, qu'ils admiraient depuis des années ? Des inconnus frappaient à nos portes. «Vous avez un chien ?» a demandé un homme. Son fils, a-t-il expliqué, voulait à tout prix un chiot. Un autre a raconté qu'il vivait seul dans une caravane près d'un chantier de construction navale et qu'il serait heureux d'adopter un chat adulte. « On se sent seul, vous savez. » Parfois nous vendions en hâte, pour n'importe quelle somme, d'autres fois nous donnions nos vases et nos théières préférés en essayant de ne pas y penser, parce que nos mères nous avaient toujours répété : *Il ne faut pas trop s'attacher aux biens de ce monde.*

Comme le jour de notre départ approchait, nous réglions nos dernières factures à nos créanciers et remerciions les clients loyaux restés à nos côtés jusqu'au bout. La femme du shérif Burckhardt, Henrietta, qui achetait tous les vendredis cinq barquettes de fraises sur notre étal et nous laissait toujours un pourboire de cinquante-cinq cents. *Je vous en prie, achetez-vous quelque chose de joli.* La veuve retraitée de Thomas Duffy, qui venait chaque jour déjeuner dans notre bar à nouilles, à midi et demi, et commandait un plat de poulet au riz frit. La présidente du Ladies' Auxiliary Club, Rosalind Sanders, qui refusait de faire nettoyer son linge ailleurs que chez nous. *Les Chinois ne savent pas s'y prendre.* Nous continuions à travailler la terre comme toujours, mais les choses ne semblaient pas réelles. Nous fabriquions les cageots pour y ranger des fruits que nous ne récolterions pas. Nous pincions des sarments de vigne dont les grappes ne mûriraient pas avant notre départ. Nous retournions la terre pour repiquer des plants de tomates qui mûriraient plus tard au cours de l'été, quand nous ne serions plus là. Les jours étaient longs et tièdes à présent. Les nuits étaient fraîches. Les réservoirs pleins. Le prix des mangetout grimpait de plus en plus. Les asperges atteignaient des records. Les fraisiers étaient couverts de baies vertes, et les nectariniers ploieraient bientôt sous le poids des fruits. *Encore une semaine et nous aurions gagné une fortune.* Et nous avions beau savoir que nous partirions bientôt, nous ne cessions d'espérer que quelque chose se passerait pour que nous puissions rester.

Peut-être l'Église interviendrait-elle en notre faveur, ou bien la femme du président. À moins qu'il ne s'agisse d'un terrible malentendu et qu'en réalité ils aient l'intention d'emmener d'autres personnes. « Les Allemands », a suggéré quelqu'un. « Ou les Italiens », a proposé un deuxième. Une troisième personne a dit : « Et les Chinois ? » Les autres gardaient le silence et se préparaient du mieux possible à partir. Nous écrivions des mots aux professeurs de nos enfants pour leur demander dans notre mauvais anglais d'excuser leur absence prochaine. Nous notions des instructions à l'intention des prochains occupants de nos maisons pour leur expliquer comment nettoyer le conduit de la cheminée et que faire au sujet de la fuite du toit. *Mettez un seau.* Nous laissions les lotus s'épanouir pour le Bouddha devant nos temples. Nous avons rendu une dernière visite à nos cimetières et versé de l'eau sur les pierres tombales de ceux dont l'esprit avait déjà quitté ce monde. Le jeune fils de Yoshiye, Tetsuo, qui s'était fait encorner pas un taureau furieux. La fille du marchand de thé de

Yokohama, dont nous parvenions à peine à nous rappeler le nom à présent. *Morte de la grippe espagnole cinq jours après avoir posé le pied en Amérique.* Nous avons arpenté nos vignes une dernière fois avec nos maris, qui n'ont pu résister à la nécessité d'arracher une dernière mauvaise herbe. Nous avons remonté les branches des amandiers qui ployaient trop. Cherché les limaces parmi nos laitues, ramassé quelques poignées de terre noire récemment retournée. Nous avons procédé aux ultimes lessives dans nos blanchisseries. Mis sous clé les vivres dans nos épiceries. Balayé les sols. Fait nos bagages. Nous avons rassemblé nos enfants et, de tous les villages, dans toutes les vallées, de chacune des villes qui bordent la côte, nous avons commencé à partir.

Les feuilles des arbres continuaient à tournoyer au vent. Les rivières à couler. Les insectes bourdonnaient dans l'herbe comme toujours. Les corbeaux croassaient. Le ciel ne s'effondrait pas. Le président ne changeait pas d'avis. La poule noire préférée de Mitsuko a gloussé une fois et pondu un œuf brun tiède. Une prune verte est tombée trop tôt d'un arbre. Nos chiens couraient après nous, une balle dans la gueule, impatients de jouer, mais cette fois, nous leur avons ordonné de rentrer. *À la niche.* Les voisins nous observaient par la fenêtre. Les automobiles cornaient. Des inconnus nous dévisageaient. Un garçon à bicyclette nous a fait signe. Un chat effrayé a plongé sous un lit dans l'une de nos maisons quand les pillards ont défoncé la porte d'entrée. Rideaux déchirés. Verre brisé. Vaisselle de mariage fracassée sur le plancher. Nous savions que c'était seulement une question de temps avant que toute trace de notre présence disparaisse.

DERNIER JOUR

Certains des nôtres sont partis en pleurant. Et certains en chantant. L'une avait la main plaquée sur la bouche parce qu'elle avait le fou rire. Certains étaient ivres. D'autres sont partis en silence, tête baissée, pleins de gêne et de honte. Un vieux monsieur de Gilroy est parti sur un brancard. Un autre – le mari de Natsuko, un barbier qui avait pris sa retraite à Florin –, en s'aidant de béquilles, sa casquette des vétérans de l'armée américaine bien enfoncée sur la tête. «Personne ne gagne, à la guerre. Tout le monde perd», disait-il. La plupart d'entre nous ne s'exprimaient qu'en anglais afin de ne pas provoquer la colère des foules qui se rassemblaient sur notre passage pour assister à notre départ. Beaucoup des nôtres avaient tout perdu et sont partis sans rien dire. Nous portions tous une étiquette blanche avec un numéro d'identification attaché à notre col ou au revers de notre veste. Une petite fille de San Leandro âgée de quelques jours est partie à demi assoupie, les yeux mi-clos, se balançant dans un panier d'osier. Sa mère – Naomi, la fille aînée de Shizuma – partait en proie à l'angoisse mais avec élégance, vêtue d'une jupe de laine grise et de souliers noirs en crocodile. «Vous croyez qu'il y aura du lait, là-bas?» ne cessait-elle de demander. Un petit garçon d'Oxnard en culottes courtes s'en est allé en se demandant s'il y aurait des balançoires. Certains sont partis avec leurs plus beaux habits. D'autres avec les seuls qu'ils possédaient. Une femme portait du renard. *C'est l'épouse du roi de la laitue,* murmurait-on. Un homme s'en est allé pieds nus mais rasé de près, tous ses biens emballés avec soin dans un carré de tissu blanc : un chapelet bouddhiste, une chemise propre, une paire de dés porte-bonheur, des chaussettes neuves, en prévision des jours meilleurs. Un homme de Santa Barbara est parti avec une valise en cuir marron couverte d'autocollants défraîchis où il était inscrit *Paris,* et puis *London*, et puis *Hotel Metropole, Bayreuth.* Sa femme se tenait à trois pas en arrière et transportait une planche à laver et un guide du bon usage qu'elle avait réussi à emprunter à la bibliothèque grâce à Emily Post. «Je peux le garder encore une semaine», disait-elle. Il y avait des familles d'Oakland qui emportaient des sacs de marin en grosse toile achetés la veille chez *Montgomery Ward.* Il y avait des familles de Fresno qui transportaient des boîtes en carton prêtes à craquer. Les Tanaka de Gardena sont partis sans payer leur loyer. Les Tanaka de Delano sans payer leurs impôts. Les Koboyashi de Biola, après avoir lavé le dessus de leur poêle à l'eau de Javel et le sol de leur restaurant à l'eau bouillante. Les Suzuki de Lompoc ont laissé de petits tas de sel devant leurs portes pour purifier leur maison. Les Watanabe de San Carlos ont laissé dans un vase, sur la table de la cuisine, des orchidées venant de leurs serres pour ceux qui emménageraient à leur suite. Les Igarashi de

Preston ont fait leurs bagages au dernier moment, laissant leur demeure en désordre. La plupart des nôtres sont partis en hâte. Beaucoup d'entre nous, au désespoir. Quelques-unes, remplies de dégoût, sans le moindre désir de revenir. L'une des nôtres a quitté Robert's Island, dans le delta, une bible sous le bras, en fredonnant : «*Sakura, sakura.*» L'une des nôtres qui venait de la grande ville a mis un pantalon pour la première fois. *Il paraît que ce n'est pas un endroit où l'on porte des robes.* L'une des nôtres est partie après s'être rendue au salon de coiffure *Talk of the Town* pour la première fois de sa vie. *C'est une chose que j'ai toujours eu envie de faire.* L'une des nôtres a quitté une exploitation de riz à Willows avec un petit autel bouddhiste dans la poche en disant à tout le monde qu'au bout du compte tout allait s'arranger. «Les dieux veilleront sur nous», déclarait-elle. Son mari est parti dans ses vêtements de travail boueux, les économies de toute leur vie cachées au fond de sa botte. «Cinquante cents», a-t-il avoué avec un clin d'œil et un sourire. Certaines sont parties sans leurs époux, arrêtés dès les premières semaines de la guerre. Certaines sont parties sans leurs enfants, qu'elles avaient renvoyés des années plus tôt. *J'ai demandé à mes parents d'élever mes deux aînés pour pouvoir me consacrer à temps plein à la ferme.* Un homme a quitté East First Street à Los Angeles avec un coffret en bois blanc contenant les cendres de sa femme, dans un petit sac de soie accroché autour du cou. *Il lui parle toute la journée.* Un homme a quitté le centre de Hayward avec une boîte de chocolats que lui avait donnée le couple chinois qui avait repris sa boutique. Un homme a quitté une exploitation de raisin à Dinuba plein de rancœur contre son voisin, Al Nazarian, qui ne lui avait jamais payé sa charrue. *On ne peut pas faire confiance aux Arméniens.* Un homme a quitté Sacramento en tremblant, les mains vides, en criant : «Tout est à vous.» Asayo – la plus jolie d'entre nous – a quitté New Ranch à Redwood avec la même valise en rotin qu'elle avait emportée sur le bateau, vingt-trois ans plus tôt. *Elle a toujours l'air neuve.* Yasuko a quitté son appartement de Long Beach avec une lettre d'un homme qui n'était pas son mari, bien pliée dans son poudrier, au fond de son sac. Masayo est partie après avoir dit au revoir à son fils cadet, Masamichi, à l'hôpital de San Bruno, où il allait mourir des oreillons quelques jours plus tard. Hanako est partie en toussant, inquiète, mais tout ce qu'elle avait, c'était un rhume. Matsuko est partie avec une migraine. Toshiko, avec de la fièvre. Shiki, dans tous ses états. Mitsuyo, avec des nausées, car fait inattendu elle était enceinte pour la première fois de sa vie à quarante-huit ans. Nobuye est partie en se demandant si elle avait bien débranché son fer à repasser, car elle l'avait utilisé le matin même pour arranger les plis de son chemisier. «Il faut que j'y retourne!» a-t-elle dit à son mari, qui regardait droit devant lui et n'a pas répondu. Tora est partie en emportant une maladie vénérienne qu'elle avait contractée au cours de sa dernière nuit au *Palace Hotel.* Sachiko, en revoyant son alphabet comme si c'était un jour ordinaire. Futaye, qui possédait le plus riche vocabulaire d'entre toutes, est partie sans un mot. Atsuko, le cœur brisé, après avoir dit au revoir à tous les arbres de son verger. *Je les ai plantés quand ils étaient encore tout petits.* Miyoshi est partie en soupirant après son grand cheval, Ryuu. Satsuyo, en cherchant ses voisins, Bob et Florence Eldridge, qui avaient promis de venir lui faire leurs adieux. Tsugino est partie avec la conscience tranquille après avoir crié dans un puits un secret atroce, longtemps tu. *J'ai rempli de cendres la bouche du bébé et il est mort.* Kiyono a quitté l'exploitation de White Road convaincue qu'elle était punie pour un péché commis dans une vie antérieure. *J'ai dû marcher sur une araignée.* Setsuko a quitté sa maison de Gridley après avoir tué tous les poulets de sa basse-cour. Chiye a quitté Glendale en portant le deuil de sa fille aînée, Misuzu, qui s'était jetée sous un trolleybus cinq ans plus tôt. Suteko, qui n'avait pas d'enfants, est partie en songeant que la vie était passée à côté d'elle. Shizue a quitté le Camp n° 8 sur Webb Island en psalmodiant un sutra revenu à sa mémoire au bout de trente-quatre ans. *Mon père le récitait tous les matins devant l'autel.* Katsuno a laissé le linge sale de son mari à San Diego en grommelant : « Pincez-moi pour me réveiller, s'il vous plaît. » Fumiko a quitté une pension de Courtland en présentant des excuses pour les désagréments qu'avait pu causer sa présence. Son mari est parti en lui disant de ne pas traîner et de se taire un peu par pitié. Misuyo est partie avec grâce sans en vouloir à personne. Chiyoko, qui avait toujours insisté pour que nous l'appelions Charlotte, est partie en insistant pour que nous l'appelions Chiyoko. *C'est la dernière fois que je change d'avis.* Iyo est partie avec un réveil qui sonnait dans les entrailles de sa valise mais elle ne s'est pas arrêtée pour l'éteindre. Kimiko a laissé son porte-monnaie sur la table de la cuisine mais quand elle s'en est souvenue il était trop tard. Haruko a laissé un minuscule bouddha de cuivre hilare dans un recoin du grenier, où il continue de rire jusqu'à ce jour. Takako a laissé un sac de riz sous le plancher de sa cuisine afin que sa famille ait de quoi se nourrir à son retour. Misayo a laissé une paire de sandales en bois devant la porte d'entrée pour donner l'impression qu'il y avait encore du monde à l'intérieur. Roku a laissé le miroir en argent de sa mère à sa voisine, Louise Hastings, qui a promis de le lui garder jusqu'à son retour. *Je vous aiderai de toutes les façons possibles.* Matsuyo est partie avec un collier de perles donné par sa patronne, Mrs Bunting, car pendant vingt et un ans elle avait tenu sa maison à la perfection. *La moitié de ma vie.* Sumiko est partie avec une enveloppe pleine d'argent liquide donnée par son second mari, Mr Howell, de Montecito, après qu'il lui eut appris qu'il ne l'accompagnerait pas. *Elle lui a rendu son alliance.* Chiyuno a quitté Colma en songeant à son jeune frère, Jiro, qu'on avait envoyé dans une colonie pour lépreux sur l'île d'Oshima, l'été 1909. *Nous n'avons plus jamais parlé de lui.* Ayumi a quitté Edenville en se demandant si elle avait bien emporté sa robe rouge porte-bonheur. *Sans elle, je ne me sens pas moi-même.* Nagako a quitté El Cerrito remplie de regret en songeant à tout ce qu'elle n'avait pas fait. *Je voulais revenir dans mon village une dernière fois pour brûler de l'encens sur la tombe de mon père.* Sa fille, Evelyn, est partie en lui disant : «Allez, maman, dépêche-toi, on est en retard.» Une femme d'une beauté peu commune, qu'aucune d'entre nous n'avait jamais vue, est partie en clignant les yeux, égarée. Son mari, disait-on, l'avait maintenue enfermée à la cave pour qu'aucun homme ne puisse poser les yeux sur son visage. Un homme de San Mateo est parti en emportant des clubs de golf et une bouteille de scotch Old Parr. *Il paraît que c'était le valet de chambre de Charlie Chaplin.* Un homme d'Église – le révérend Shibata de la Première Église baptiste – est parti en invitant tout le monde à oublier, à pardonner. Un homme vêtu d'un éclatant costume brun – le cuisinier Kanda de *Yabu Noodle* – est parti en suppliant le révérend Shibata de nous ficher la paix. Un champion national de pêche à la mouche de Pismo Beach est parti avec sa canne à pêche en bambou préférée et un recueil de poèmes de Robert Frost. *Voilà tout ce dont j'ai vraiment besoin.* Un groupe de champions de bridge de Monterrey est parti avec le sourire, les poches pleines. Une famille de métayers de Pajaro est partie en se demandant si elle reverrait un jour sa vallée. Il y avait des célibataires vieillissants, brûlés par le soleil, qui tout d'un coup sortaient de partout et nulle part. *Ils suivent les récoltes depuis des années.* Un jardinier de Santa Maria est parti avec une branche de rhododendron venant du jardin de son patron et une poche pleine de graines. Un épicier d'Oceanside est parti avec un chèque en bois que lui avait fait un routier en échange de tout le stock de son magasin. Un pharmacien de Stockton est parti après avoir payé deux ans et demi de mensualités sur son assurance vie. Un sexeur de poussins de Petaluma est parti convaincu que nous serions tous de retour dans trois mois. Une femme plus âgée de Burbank, bien habillée, s'en est allée la démarche fière, régalienne, le menton relevé bien haut. « C'est la fille de la vicomtesse Oda », a dit quelqu'un. « C'est la femme de Bellboy Goto », a dit quelqu'un d'autre. Un homme qui venait d'être libéré de la prison de San Quentin est parti en devant déjà de l'argent à la moitié des commerçants de la ville. « Il est temps de mettre les voiles », a-t-il dit. Des étudiantes en pantalon de gabardine noire – nos filles aînées – sont parties avec des drapeaux américains épinglés à leur pull, les clés de Phi Beta Kappa accrochées à une chaîne en or autour de leur cou. De beaux jeunes gens en chinos parfaitement repassés – nos fils aînés – sont partis en beuglant l'hymne de Berkeley et en discutant des matches de la saison prochaine. De jeunes mariés portant des bonnets de ski assortis sont partis en se donnant le bras sans voir personne autour d'eux. Un vieux couple de Manteca est parti en dévidant la même querelle qu'il poursuivait depuis le jour où ils s'étaient rencontrés. *Si tu le répètes encore une fois*... Un homme âgé d'Alameda en uniforme de l'Armée du Salut est parti en criant : « Dieu est amour ! Dieu est amour ! » Un habitant de Yuba City est parti avec sa fille, Eleanor, déposée le matin même par sa mère, une Irlandaise, qu'il avait quittée depuis fort longtemps. *Il ne savait même pas qu'elle existait jusqu'à la semaine dernière.* Un métayer de Woodland est parti en sifflant *Dixie* après avoir labouré ses dernières récoltes. Une veuve de Covina est partie après avoir nommé mandataire un gentil médecin qui lui avait proposé de louer sa maison. « Je crois que j'ai commis une grosse erreur. » Une jeune femme de San Jose est partie avec un bouquet de roses envoyé par un admirateur anonyme du quartier resté dans l'ombre. Des enfants de Salinas sont partis avec des touffes d'herbe arrachées le matin même dans leur jardin. Des enfants de San Benito et Napa sont partis emmitouflés sous plusieurs épaisseurs de vêtements afin d'en emporter le plus possible. Une fillette venant d'une plantation d'amandiers reculée d'Oakdale s'en est allée, timide, craintive, le visage enfoui dans les jupes de sa mère, car elle n'avait jamais vu autant de personnes rassemblées. Trois garçons de l'orphelinat de San Francisco sont partis entousiastes à l'idée de prendre le train pour la première fois. Un garçon de huit ans venant de Placerville est parti avec un petit sac de marin préparé par sa mère adoptive, Mrs Luhrman, qui lui avait assuré qu'il serait de retour en fin de semaine. « Allez, à présent, va t'amuser », a-t-elle ajouté. Un garçon de Lemon Cove est parti juché sur le dos de sa sœur. « C'était la seule manière de lui faire quitter la maison. » Une fillette de Kernville est partie avec une petite valise en carton remplie de bonbons et de jouets. Une fillette de Heber est partie en faisant rebondir par terre une balle rouge en caoutchouc. Cinq sœurs venant de Selma – les filles Matsumoto – sont parties en se chamaillant, comme toujours, au sujet de leur père, l'une d'elles ayant déjà un œil au beurre noir. Des jumeaux de Livingstone sont partis avec le bras droit en écharpe alors qu'ils allaient très bien. « Ils portent ça depuis des jours ! » a dit leur mère. Six frères venant d'une exploitation de fraises à Dominguez sont partis avec des bottes de cow-boy de crainte d'être piqués par les serpents. « Terrain difficile en vue », a dit l'un d'eux. Certains enfants croyaient qu'ils allaient camper. Certains enfants croyaient partir en randonnée, ou au cirque, ou passer une journée à la plage à nager. Un garçon chaussé de patins à roulettes se moquait bien de savoir où il allait du moment qu'il y avait des rues goudronnées. Certains jeunes sont partis un mois avant la remise de leur diplôme de fin d'études. *Je devais entrer à Stanford.* Une jeune fille est partie en sachant qu'elle aurait été major de sa promotion au lycée de Calexico. Certains enfants sont partis sans avoir compris les fractions ni les nombres décimaux. Des adolescents du cours d'anglais de Mrs Crozier, en classe de quatrième, à Escondido, sont partis soulagés de manquer l'important devoir surveillé de la semaine suivante. *Je n'ai pas lu le livre.* Un garçon de Hollister est parti avec une plume blanche dans une poche et un livre sur les oiseaux d'Amérique du Nord offert par ses camarades de classe le dernier jour. Un garçon de Byron a emporté avec lui un seau en fer-blanc rempli de terre. Une fille d'Upland a emporté avec elle une poupée de chiffon toute molle aux yeux faits de boutons noirs. Une fille de Carruthers est partie en traînant derrière elle une corde à sauter qu'elle refusait d'abandonner. Un garçon de Milpitas est parti, inquiet pour Frank, son coq domestique, qu'il avait confié à ses voisins. «Vous croyez qu'ils vont le manger?» demandait-il. Un garçon d'Ocean Park est parti alors que ses oreilles résonnaient encore des hurlements déchirants de son chien, Chibi. Un garçon portant l'uniforme des scouts de Mountain View a emporté sa gamelle et sa gourde. Une fille d'Elk Grove est partie en tirant sur la manche de son père avec insistance, disant : «Papa, rentre à la maison, rentre à la maison.» Une fille de Hanford est partie en songeant à June, sa correspondante d'Alaska. *J'espère qu'elle n'oubliera pas d'écrire.* Un garçon de Brawley qui venait juste d'apprendre à lire l'heure est parti en consultant sans cesse sa montre. «Ça change tout le temps», disait-il. Un garçon de Parlier a emporté une couverture de flanelle bleue qui conservait l'odeur de sa chambre. Une fille aux longues couettes venant de la petite ville de Tulare a emporté une épaisse craie rose. Elle s'est arrêtée un instant pour dire au revoir aux gens immobiles sur le trottoir et, d'un petit geste rapide, elle leur a fait signe de s'en aller et s'est mise à sauter à la corde. Elle est partie en riant. Elle est partie sans se retourner.

DISPARITION

Les Japonais ont disparu de notre ville. Leurs maisons sont vides, murées. Leurs boîtes aux lettres débordent. Les journaux délaissés s'amoncellent sur les vérandas affaissées et dans les jardins. Les voitures restent immobiles dans les allées. D'épaisses touffes de mauvaises herbes surgissent au milieu de leurs pelouses. Derrière la maison, les tulipes se fanent. Des chats de gouttière se promènent. Quelques vêtements restent accrochés sur les cordes à linge. Dans une de leurs cuisines – celle d'Emi Saito – un téléphone noir ne cesse de sonner.

Dans le centre-ville, sur Main Street, les blanchisseries demeurent fermées. Des panneaux *À louer* apparaissent dans les vitrines. Des factures impayées et des tickets de caisse flottent au vent. *Murata Florist* est à présent *Flowers by Kay*. L'hôtel *Yamato* est devenu le *Paradise*. Le restaurant *Fuji* va rouvrir en fin de semaine sous la houlette d'une nouvelle direction. La piscine *Mikado* est fermée. *Imanashi Transfer* est fermé. L'épicerie *Harada* est fermée, et sur la vitre est accroché un écriteau rédigé à la main qu'aucun d'entre nous ne se souvient avoir vu auparavant – *Que Dieu soit avec vous jusqu'à ce que nous nous retrouvions*. Bien sûr, nous ne pouvons que nous demander : qui a écrit ça ? Est-ce l'un des leurs ? Ou l'un des nôtres ? Et si c'est l'un des nôtres, alors qui est-ce ? Voilà la question que nous nous posons en appuyant le front contre le verre pour scruter l'obscurité, en nous attendant presque à voir Mr Harada en personne sortir de derrière le comptoir, avec son tablier vert passé, véloce, nous tendant une botte d'asperges, une fraise parfaite, un brin de menthe, mais il n'y a rien à voir. Les étagères sont vides. Le sol bien propre. Les Japonais sont partis.

Le maire nous a assuré qu'il n'y avait pas de raisons de s'inquiéter. « Les Japonais sont en sécurité », dit-il dans le *Star Tribune* de ce matin. Il n'a hélas pas le droit de nous révéler où ils se trouvent. « Ils ne seraient plus en sécurité, n'est-ce pas, si je vous révélais l'endroit. » Mais où pourraient-ils être mieux protégés, se demandent certains d'entre nous, qu'ici même, dans notre ville ?

Les théories, bien sûr, sont légion. Peut-être les Japonais ont-ils été envoyés au pays des betteraves à sucre – dans le Montana ou le Dakota, où les agriculteurs auront grand besoin de main-d'œuvre pour les récoltes à l'été et l'automne. Ou peut-être ont-ils adopté de nouvelles identités chinoises dans des villes lointaines où nul ne les connaît. Peut-être sont-ils en prison. « Mon opinion, en toute sincérité ? dit un ancien de la Navy. Je crois qu'ils sont partis sur l'océan, et qu'ils zigzaguent entre les torpilles. On les a tous renvoyés au

Japon pour la durée de la guerre.» Une professeure de sciences du lycée local dit qu'elle n'en dort plus, craignant le pire : on les a entassés dans des wagons à bestiaux et ils ne reviendront pas, ou bien sont-ils dans un bus sans fenêtres, et ce bus ne s'arrêtera pas, ni demain, ni la semaine prochaine, ni jamais, ou encore ils traversent en file indienne un long pont de bois et quand ils atteindront l'autre côté, ils seront en exil. «Je songe à ces choses, dit-elle, et puis je me souviens : ils sont vraiment partis.»

Les affiches officielles sont toujours clouées sur les poteaux téléphoniques au coin des rues, dans le centre-ville, mais déjà elles s'effacent, partent en morceaux et, après les fortes giboulées printanières de la semaine dernière, seules les grandes lettres du titre – ORDRES À TOUTES LES PERSONNES D'ASCENDANCE JAPONAISE – demeurent encore lisibles. Mais en quoi consistaient-ils exactement, ces ordres ? Aucun d'entre nous ne se le rappelle avec précision. Un homme se souvient vaguement qu'il était interdit d'emmener des animaux de compagnie et qu'un point de départ était mentionné. «Je crois que c'était la YMCA de la 5e Rue Ouest», dit-il. Toutefois, il n'en est pas sûr. Une serveuse du *Blue Ribbon Dinner* déclare avoir essayé plusieurs fois de lire les affiches le matin où elles ont été placardées mais qu'il lui a été impossible de s'approcher. «Tous les poteaux téléphoniques étaient entourés de petits groupes de Japonais inquiets», raconte-t-elle. Ce qui l'a frappée c'est qu'ils étaient tous très calmes. Silencieux. Certains d'entre eux, poursuit-elle, hochaient la tête lentement. D'autres prenaient des notes. Tous se taisaient. Nous sommes nombreux à admettre que, même si nous passons tous les jours à côté de ces affiches pour descendre en ville, nous n'avons jamais pensé à nous arrêter pour les lire. « Elles ne nous étaient pas destinées », déclarons-nous. Et puis : « J'étais toujours pressée. » Et puis : « Je n'arrivais pas à lire parce que c'était écrit trop petit. »

Ce sont nos enfants qui semblent prendre la disparition des Japonais le plus à cœur. Ils répondent plus que d'habitude. Refusent de faire leurs devoirs. Ils sont anxieux. Font des histoires. Ceux qui n'avaient jamais peur le soir redoutent à présent d'éteindre la lumière. « Chaque fois que je ferme les yeux, je les vois », dit l'une. Un autre pose des questions. Où peut-il aller les chercher ? Y a-t-il une école là où ils sont ? Et que doit-il faire du pull de Lester Nakano ? « Je le garde ou je le jette ? » À l'élémentaire Lincoln toute une classe d'enfants de sept ans a réussi à se convaincre que leurs petits camarades japonais s'étaient perdus dans la forêt. « Ils mangent des glands et des feuilles et une petite fille a oublié son gilet alors elle a froid, raconte une fillette. Elle grelotte et elle pleure. Ou bien elle est morte. » « Oui, elle est morte », acquiesce son voisin. La maîtresse raconte que le moment le plus dur de la journée à présent, c'est l'appel. Elle montre les trois pupitres déserts : Oscar Tajima, Alice Okamoto et, sa préférée, Delores Niwa. « Si timide ! » Chaque matin, elle prononce leurs noms, mais bien sûr, ils ne répondent jamais. « Alors je continue de les marquer absents. Que puis-je faire d'autre ? » « C'est une honte », déclare l'agent de la circulation préposé à l'école. « C'étaient de bons petits. Ils vont me manquer. »

Certains membres de notre communauté, pourtant, ont été plus que soulagés de les voir partir. Car nous avons lu des choses dans les journaux, prêté l'oreille aux rumeurs, nous savons que des caches d'armes secrètes ont été mises au jour dans les caves des fermiers japonais qui vivent en ville, non loin de chez nous, et même si nous préférerions croire que ceux d'ici sont tous ou presque de bons citoyens dignes de confiance, nous ne pouvons être sûrs de leur absolue loyauté. « Il y avait tant de choses que nous ignorions à leur sujet, dit une mère de cinq enfants. Cela me mettait mal à l'aise. J'avais toujours l'impression qu'ils essayaient de dissimuler quelque chose. » Quand on lui demande s'il se sentait en sécurité en vivant en face des Miyamoto, un ouvrier de l'usine de glace répond : « Pas vraiment. » Lui et sa femme se sont toujours montrés très prudents à leur endroit, explique-t-il, parce que, « en fait, on n'était pas sûrs. Il y en a des bons et des mauvais, je suppose. Moi, je ne fais pas la différence ». Toutefois, dans l'ensemble, nous avons du mal à croire que nos anciens voisins puissent représenter une menace pour notre ville. Une propriétaire qui a loué son bien aux Nakamura déclare que ce sont les meilleurs locataires qu'elle ait jamais connus. « Amicaux. Polis. Et d'une propreté extrême, on aurait pu manger par terre. » « Et puis ils vivaient comme des Américains, renchérit son mari. Aucun objet japonais nulle part. Pas même un vase. »

On commence à parler de lumière allumée dans certaines maisons des Japonais, et d'animaux en détresse. D'un canari aperçu, inerte, par la fenêtre des Fujimoto. De carpes koï à l'agonie dans l'étang des Yamaguchi. Et partout, les chiens. Nous leur apportons des écuelles d'eau, des quignons de pain, les restes de nos repas, et le boucher leur fait passer un morceau de filet mignon frais. Le chien des Koyama flaire avec politesse puis se détourne. La chienne des Ueda détale et nous n'avons pas le temps de l'arrêter qu'elle a déjà franchi la porte du jardin. Celui des Nakanishi – un scotch-terrier, sosie de Fala, le petit chien noir du président – montre les crocs et ne nous laisse pas approcher. Mais les autres arrivent en courant, nous font la fête, comme s'ils nous connaissaient depuis toujours, nous suivent à la maison, et au bout de quelques jours, nous leur avons trouvé de nouveaux maîtres. Une famille déclare qu'elle serait plus qu'heureuse d'adopter un chien japonais. Une autre demande s'il y aurait un colley. L'épouse d'un jeune soldat qui vient d'être appelé sous les drapeaux prend chez elle un beagle noir et marron, Duke, qui la suit de pièce en pièce sans jamais la quitter des yeux. « C'est mon protecteur à présent, dit-elle. Nous nous entendons très bien. » Parfois pourtant, au milieu de la nuit, elle l'entend gémir dans son sommeil, alors elle se demande s'il rêve de ses maîtres.

Quelques-uns d'entre eux, apprenons-nous bientôt, sont toujours parmi nous. Le parrain du jeu, Hideo Kidama, détenu à la prison du comté. Une femme enceinte, qui a dépassé le terme depuis dix jours, à l'hôpital public. *Le bébé ne veut pas sortir.* Une femme de trente-neuf ans à l'asile d'aliénés, qui erre toute la journée à travers les couloirs, en chaussons et chemise de nuit, marmonnant tout bas pour elle-même en japonais des choses que personne d'autre ne comprend. Les seuls mots d'anglais qu'elle connaît sont *water* et *go home*. Il y a vingt ans, nous raconte le médecin, ses deux jeunes enfants sont morts dans un incendie alors qu'elle prenait du bon temps avec un autre homme dans les prés. Son mari s'est suicidé le lendemain. Son amant l'a abandonnée. « Depuis elle n'est plus la même. » À la lisière de la ville, au sud, au sanatorium de Clearview, un garçon de douze ans gît sur un lit près d'une fenêtre, peu à peu consumé par la syphilis. Ses parents lui ont rendu une dernière visite la veille de leur départ et à présent il est tout seul.

Chaque jour qui passe fait pâlir les affiches sur les poteaux téléphoniques. Et puis, un matin, il n'en reste plus une seule, et pendant un moment la ville se sent étrangement nue, et c'est comme si les Japonais n'avaient jamais existé.

Les liserons envahissent leurs jardins. Le chèvrefeuille s'étend de maison en maison. Sous les haies qui ne sont plus entretenues, rouillent des bêches oubliées. Un lilas violet fleurit sous la fenêtre des Otero, et disparaît le lendemain. On déterre un citronnier chez les Sawada. Les cadenas des portes de devant et de derrière sont forcés à la pince-monseigneur. Les voitures dépecées. Les greniers pillés. Les tuyaux de poêle coupés. Des caisses et des malles hissées hors des sous-sols et chargées dans des camionnettes en pleine nuit. Poignées de porte et lampes disparaissent. C'est alors que sur la Troisième Avenue, chez les brocanteurs et prêteurs sur gages, apparaissent brièvement des objets exotiques d'Extrême-Orient, puis aboutissent chez certains d'entre nous. Une lanterne de pierre surgit parmi les azalées d'un jardin primé de Mapleridge Road. Une peinture vient remplacer l'image d'une baigneuse nue dans un salon d'Elm Street. D'une rue à l'autre, des tapis d'Orient se matérialisent sous nos pieds. Et dans l'ouest de la ville, chez les jeunes mères à la mode qui vont tous les jours au parc, les baguettes qu'on fixe dans les chignons sont soudain du dernier cri. « J'essaie de ne pas trop me demander d'où elles viennent, dit une jeune femme en berçant son bébé sur un banc à l'ombre. Parfois mieux vaut ne pas savoir. »

Pendant plusieurs semaines, certains d'entre nous continuent d'espérer que les Japonais reviendront, car nul n'a jamais dit que ça durerait toujours. Nous les cherchons à l'arrêt de bus. Chez le fleuriste. En passant près de la boutique qui répare les postes de radio sur la Seconde Avenue, anciennement *Nagamatsu Fish*. Nous regardons régulièrement par la fenêtre au cas où nos jardiniers seraient revenus, sans s'annoncer, dans nos jardins. *Il y a une petite chance pour que Yoshi soit là à ramasser les feuilles.* Nous nous demandons si tout cela n'est pas un peu notre faute. Peut-être que nous aurions dû envoyer une pétition au maire. Au gouverneur. Au président en personne. *S'il vous plaît, laissez-les rester.* Ou bien nous aurions pu tout simplement frapper à leur porte pour leur offrir notre aide. Si seulement nous avions su ! songeons-nous. Mais la dernière fois où nous avons vu Mr Mori derrière son étal de fruits, il était aussi jovial que d'habitude. « Il ne m'a jamais dit qu'il partait », dit une femme. Trois jours plus tard, pourtant, il n'était plus là. Une caissière chez *Associated Market* raconte que, la veille de la disparition des Japonais, ils ont fait des stocks de nourriture « comme s'il n'y avait pas de lendemain ». Une femme, raconte-t-elle, a acheté plus de vingt boîtes de saucisses. «Je n'ai pas pensé à lui demander pourquoi.» À présent, bien sûr, elle le regrette. «Je voudrais seulement savoir s'ils vont bien.»

Ici et là, dans des boîtes aux lettres éparpillées à travers toute la ville commencent à arriver les premières lettres des Japonais. Un garçon, dans Sycamore Street, reçoit une courte note d'Ed Ikeda, le sprinter le plus rapide du collège Woodrow Wilson. *Eh bien, on est arrivés au centre d'accueil. Je n'ai jamais vu autant de Japonais de toute ma vie. Il y a des gens qui ne font rien que dormir tout l'après-midi.* Une fille habitant Mulberry Street reçoit des nouvelles de son ancienne camarade de classe, Jan. *Ils nous retiennent ici encore un peu et puis ils nous enverront dans les montagnes. J'espère avoir bientôt du courrier de toi.* La femme du maire reçoit une brève carte postale de sa loyale femme de chambre, Yuka, qui a frappé à sa porte le lendemain de son arrivée en Amérique. *N'oubliez pas d'aérer les couvertures à la fin du mois.* L'épouse de l'assistant du pasteur à la First Congregational Church ouvre une lettre adressée à son mari qui commence ainsi : *Mon chéri, je vais bien,* et tout s'écroule autour d'elle. *Qui est Hatsuko?* Trois rues plus loin, dans une maison jaune sur Walnut Street, un garçon de neuf ans lit une lettre de son meilleur ami, Lester – *Est-ce que j'ai laissé mon pull dans ta chambre?* – et pendant trois nuits il ne parvient plus à trouver le sommeil.

Les gens commencent à exiger des réponses. Les Japonais se sont-ils rendus dans les centres d'accueil de leur plein gré ou sous la contrainte? Quelle est leur destination finale? Pourquoi n'avons-nous pas été informés de leur départ à l'avance? Qui va les défendre, si la chose est possible? Sont-ils innocents? Sont-ils coupables? Sont-ils vraiment partis? Car n'est-ce pas étrange que personne parmi nos connaissances n'ait assisté à leur départ? C'est comme si aucun d'entre nous n'avait rien vu ni rien entendu, dit un membre de la Défense civile. «Un coup de feu préventif. Un sanglot étouffé. Une file de gens qui disparaît dans la nuit.» Peut-être, dit un gardien local de l'espace aérien, que les Japonais sont toujours là, qu'ils nous observent dans l'ombre, scrutent nos visages pour y déceler un signe de douleur, de remords. À moins qu'ils ne se cachent sous les rues de la ville où ils préparent notre défaite finale. Leurs lettres, fait-il remarquer, pourraient être fausses. Leur disparition, suggère-t-il, est une ruse. Le pire reste encore à venir, menace-t-il.

Le maire nous prie d'être patients. «Nous vous dirons ce que nous saurons quand nous pourrons», dit-il. Certains ont manqué de loyauté, le temps pressait et il était nécessaire d'agir. Les Japonais nous ont quittés de leur plein gré, nous explique-t-on, sans rancune, à la demande du président. Ils gardent le moral. Mangent bien. Leur réinstallation se poursuit comme prévu. Nous vivons une époque particulière, nous rappelle le maire. Nous sommes à présent sur le front, et nous ferons tout ce qu'il faut pour défendre notre pays. «Il y aura des actions qui seront visibles, et d'autres qui ne le seront pas. Ces choses-là arrivent. Et la vie continue.»

L'été explose. Les feuilles ploient sur les branches des magnolias. Le soleil cuit les trottoirs. Des cris emplissent l'atmosphère quand retentit la dernière sonnerie dans les écoles et que les cours cessent une fois de plus.

Les mères ont le cœur amer. *Ça ne va pas recommencer*, songent-elles. Certaines se mettent à la recherche de nouvelles nounous pour s'occuper de leurs petits. D'autres passent des annonces en quête de cuisinières. Beaucoup demandent des jardiniers et des bonnes : de solides jeunes femmes des Philippines, de minces hindous barbus, de petits Mexicains râblés d'Oaxaca qui, même s'ils ne sont pas toujours sobres, se montrent chaleureux – *Buenos días*, nous saluent-ils, et puis *Sí, cómo no ?* – et acceptent de tondre la pelouse pour un prix raisonnable. La plupart des nôtres sautent le pas et confient leur linge sale aux blanchisseurs chinois. Et même si tout n'est pas parfaitement repassé, que les bords restent parfois froissés, ils n'y prêtent guère attention car leur esprit est occupé par d'autres soucis : les recherches entreprises après la disparition d'un garçon nommé Henry qu'on a vu pour la dernière fois se balancer sur un rondin à l'orée de la forêt (« Il est parti rejoindre les Japonais », nous disent nos enfants), la capture de sept soldats de notre ville à la bataille de Corregidor, la conférence annuelle lors du déjeuner du Pilgrim Mothers' Club animée par un réfugié rescapé du nazisme, le Dr Raoul Aschendorff, intitulée : « Hitler : le Napoléon d'aujourd'hui ? » qui attire tant de monde qu'il est impossible de s'asseoir.

À mesure que la guerre se poursuit, les familles quittent de moins en moins leurs foyers. L'essence est rationnée. On économise le papier alu. Des jardins de la victoire naissent sur les terrains vagues et, dans toutes les cuisines, les poêlées de haricots verts perdent peu à peu de leur attrait. Les mères massacrent leurs gaines pour en donner les caoutchoucs et respirent enfin librement pour la première fois depuis des années. « Il faut faire des sacrifices », s'écrient-elles. Des pères cruels arrachent les pneus qui servent de balançoires à leurs enfants. Le Comité de soutien à la Chine atteint ses objectifs en rassemblant dix mille dollars, et le maire en personne envoie un télégramme pour annoncer la bonne nouvelle à Mme Chiang Kai-shek. L'assistant du pasteur dort toujours sur le canapé. Plusieurs de nos enfants voudraient écrire à leurs camarades japonais, mais ils ne savent pas quoi leur dire. D'autres n'ont pas le cœur de leur annoncer les mauvaises nouvelles. *Il y a un nouveau assis à ta place dans la classe de Miss Holden. Je n'arrive pas à retrouver ton pull. Hier ton chien s'est fait écraser par une voiture.* Une fillette de North Fremont est découragée par le facteur, qui lui explique que seuls les traîtres correspondent avec les Japonais.

Des nouveaux venus emménagent dans leurs maisons. Des migrants d'Oklahoma et d'Arkansas qui viennent dans l'Ouest chercher du travail, plus abondant grâce à la guerre. Des fermiers dépossédés des monts Ozarks. Des Noirs indigents avec leur balluchon, frais émoulus du Sud. Des vagabonds et des squatteurs. Des gens de la campagne. Ils ne sont pas des nôtres. *Certains ne savent pas s'exprimer.* Ils travaillent dix à quinze heures par jour dans l'usine d'armement. Vivent ensemble, à trois ou quatre familles. Font leur lessive dehors, devant la maison, dans des cuves en métal. Ils laissent leurs femmes et leurs enfants faire n'importe quoi. Et le week-end, ils restent dehors très tard dans la nuit à fumer et boire sur la véranda, alors nous commençons à regretter nos anciens voisins, les discrets Japonais.

À la fin de l'été les premières rumeurs de convois ferroviaires nous arrivent de là-bas. Ce sont de vieux trains, disent les gens. Des reliques d'une époque révolue. Des wagons poussiéreux avec d'antiques lampes à pétrole et des locomotives à vapeur. Les toits sont couverts de crottes d'oiseaux. Les fenêtres obturées par des volets. Ils traversent ville après ville sans jamais s'arrêter. Ne donnent jamais le moindre coup de sifflet. Ne circulent qu'au crépuscule. *Des trains fantômes*, les appellent ceux qui les ont vus. Certains disent qu'ils ont gravi les cols étroits de la sierra Nevada : Altamont, Siskiyou, Shasta, le Tehachapi. Certains disent qu'ils se dirigent vers les contreforts occidentaux des Rocheuses. Un chef de gare de Truckee déclare avoir vu un volet se soulever et le visage d'une femme apparaître un instant. « Une Japonaise », dit-il. Mais cela s'est passé si vite qu'il ne peut en être sûr. Le train n'était pas prévu. La femme semblait fatiguée. Elle avait les cheveux courts et noirs, un petit visage rond, et nous nous demandons si c'est l'une des nôtres. L'épouse du blanchisseur Ito, peut-être. Ou la vieille dame qui vendait des fleurs le week-end au croisement d'Edwards Street et de State Street. *On l'appelait juste la dame aux fleurs.* Ou peut-être est-ce une personne que nous avons croisée d'innombrables fois dans la rue sans jamais y prêter attention.

À l'automne il n'y a pas de fête des moissons bouddhiste sur Main Street. Pas de fête des chrysanthèmes. Pas de parade de lanternes en papier flottant au crépuscule. Pas d'enfants en kimono de coton à manches longues, chantant et dansant au son rythmé des tambours tard dans la nuit. Parce que les Japonais sont partis, voilà tout. « On s'inquiète pour eux, on prie pour eux, mais il faut bien continuer à vivre», dit un vieux retraité qui a vécu dix ans à côté des Ogata. Quand il se sent seul, il va s'asseoir sur un banc dans le parc. «J'écoute les oiseaux jusqu'à ce que je commence à me sentir mieux, explique-t-il. Puis je rentre chez moi.» Parfois plusieurs jours se succèdent sans qu'il pense aux Japonais. Et puis il aperçoit un visage familier dans la rue – c'est Mrs Nishikawa du magasin d'appâts, mais pourquoi ne le salue-t-elle pas ? – ou bien une nouvelle rumeur arrive à ses oreilles. *On a trouvé des armes enterrées sous le prunier des Koyanagie. On a découvert l'emblème du dragon noir dans une maison japonaise d'Oak Street.* Ou encore entend-il des pas derrière lui sur le trottoir, mais quand il se retourne, il n'y a personne. Alors tout lui revient : les Japonais nous ont quittés et nous ignorons où ils sont.

Aux premières gelées, leurs visages commencent à se brouiller, à s'effacer de nos mémoires. Leurs noms nous échappent. *C'était Mr Kato ou Sato ?* Les lettres cessent d'arriver. Nos enfants, à qui ils manquaient tant, ne nous demandent plus où ils se trouvent. Les plus jeunes se souviennent à peine d'eux. «Je crois que j'en ai vu un une fois», nous disent-ils. Ou bien : «Est-ce qu'ils n'ont pas tous les cheveux noirs ?» Et au bout d'un moment, nous nous apercevons que nous parlons d'eux au passé. Certains jours nous oublions qu'ils étaient parmi nous, même s'ils ressurgissent souvent tard le soir, à l'improviste, dans nos rêves. *C'était le fils du monsieur qui avait les serres, Elliot. Il m'a dit de ne pas m'inquiéter, qu'ils vont bien, qu'on les nourrit bien et qu'ils jouent au base-ball toute la journée.* Mais le matin, en nous réveillant, malgré tous nos efforts, nous ne parvenons pas à les ancrer dans nos esprits.

Un an plus tard, toute trace de leur présence a disparu de notre ville ou presque. Des étoiles d'or scintillent à nos fenêtres. De belles et jeunes veuves de guerre poussent leurs bébés à travers le parc. Sur les sentiers ombreux qui bordent le réservoir, se promènent des chiens en laisse. Dans le centre, sur Main Street, les jonquilles éclosent. *New Liberty Chop Suey* grouille d'ouvriers du chantier naval qui font leur pause déjeuner. Des soldats en permission rôdent par les rues et les affaires vont bien à l'hôtel *Paradise. Flowers by Kay* est à présent *Foley's Spirit Shop*. L'épicerie *Harada* a été reprise par un Chinois nommé Wong, mais à part ça rien n'a changé et, quand nous passons devant la vitrine, il est facile d'imaginer que tout est exactement comme avant. Sauf que Mr Harada n'est plus parmi nous, et que tous les autres Japonais sont partis eux aussi. Nous parlons rarement d'eux désormais, bien que nous arrivent de temps à autre des nouvelles depuis l'autre côté des montagnes – des villes entières de Japonais ont surgi dans les déserts du Nevada et d'Utah, dans l'Idaho ils ramassent les betteraves à sucre dans les champs, et dans le Wyoming on a aperçu un groupe d'enfants japonais grelottants et affamés qui sortait de la forêt au crépuscule. Mais ce ne sont que des rumeurs, et ce n'est pas forcément vrai. Tout ce que nous savons c'est que les Japonais sont là-bas quelque part, dans tel ou tel lieu, et que nous ne les reverrons sans doute jamais plus en ce bas monde.

REMERCIEMENTS

Ce roman s'inspire de la vie d'immigrants japonais qui arrivèrent aux États-Unis au début du xxe siècle. Je me suis servie d'un grand nombre de sources historiques, et bien que je n'aie pas la place ici de les énumérer toutes, je tiens à mentionner les plus importantes. Je dois beaucoup à *Issei : A History of Japanese Immigrants in North America* de Kazuo Ito, ainsi que *The Issei* et *Issei Women* d'Eileen Sunada. Entre autres livres importants je citerai : *East Bay Japanese for Action Presents "Our Recollections"*; *Shirakawa* de Stan Flewelling ; *The Great Betrayal* d'Audrey Girdner et Anne Loftis ; *Issei Nisei, War Bride* d'Evelyn Nakano Glenn ; *Lafcadio Hearn's Japan* ; *The Issei* de Yuji Ichioka ; *Only What We Could Carry* de Lawson Fusao Inada ; *Stubborn Twig* de Lauren Kessler ; *Through Harsh Winter* d'Akemi Kikumura *; Beyond Loyalty* de Minoru Kiyota ; *A Fence Away from Freedom* d'Ellen Levine ; *Picture Brides* de Tomoko Makabe ; *Autobiography of a Geisha* de Sayo Masuda ; *Country Voices* et *Epitaph for a Peach* de David Mas Masumoto ; *Farming the Home Place* de Valerie J. Matsumoto ; *Japanese American Women* de Mei Nakano ; *The*

Inland Sea de Donald Ritchie ; *The Kimono Mind* de Bernard Rudofsky ; *Memories of Silk and Straw* et *Memories of Wind and Waves* du Dr Junichi Saga ; *A Daughter of the Samurai* d'Etsu Inagaki Sugimoto ; *Korean Picture Brides* de Sonia Shinn Sunoo ; *Strangers from a Different Shore* de Ronald Takaki ; *The Soil* de Nagatsuka Takashi ; *The Hood River Issei* de Linda Tamura ; *And Justice for All* de John Tateishi ; *The Salvage* de Dorothy Swaine Thomas ; *Desert Exile* de Yoshiko Uchida ; *Songs My Mother Taught Me* de Wakako Yamauchi et *Passage of a Picture Bride* de Won Kil Yoon. Les quelques lignes du discours du maire à la page 126 sont extraites d'un débriefing du Département de la Défense des États-Unis prononcé par le secrétaire d'État Donald Rumsfeld le 12 octobre 2001. Je dois aussi beaucoup à Mary Swann, dont la nouvelle « 1917 » a inspiré le premier chapitre de ce livre.

J'éprouve une gratitude profonde envers Nicole Aragi, sans son dévouement indéfectible ce livre n'aurait jamais vu le jour ; Jordan Pavlin pour ses conseils éditoriaux pleins d'élégance ; Kathy Minton et Isaiah Sheffer de chez Symphony Space pour leur soutien sans faille ; ainsi que la John Simon Guggenheim Memorial Foundation pour son aide généreuse. Merci à Leslie Levine, Russel Perreault, Michelle Somers et Christie Hauser. Je remercie enfin tout spécialement ma famille et, comme toujours, Andy Bienen.

TABLE

Cet ouvrage
a été mis en pages par In Folio,
reproduit et achevé d'imprimer
en octobre 2012
dans les ateliers de Normandie Roto Impression s.a.s.
61250 Lonrai
N° d'imprimeur : 12-4174

Imprimé en France

Dépôt légal : août 2012